KB247964

우리의 다정한 이웃들

임성용 소설집

우리의 다정한 이웃들

차례

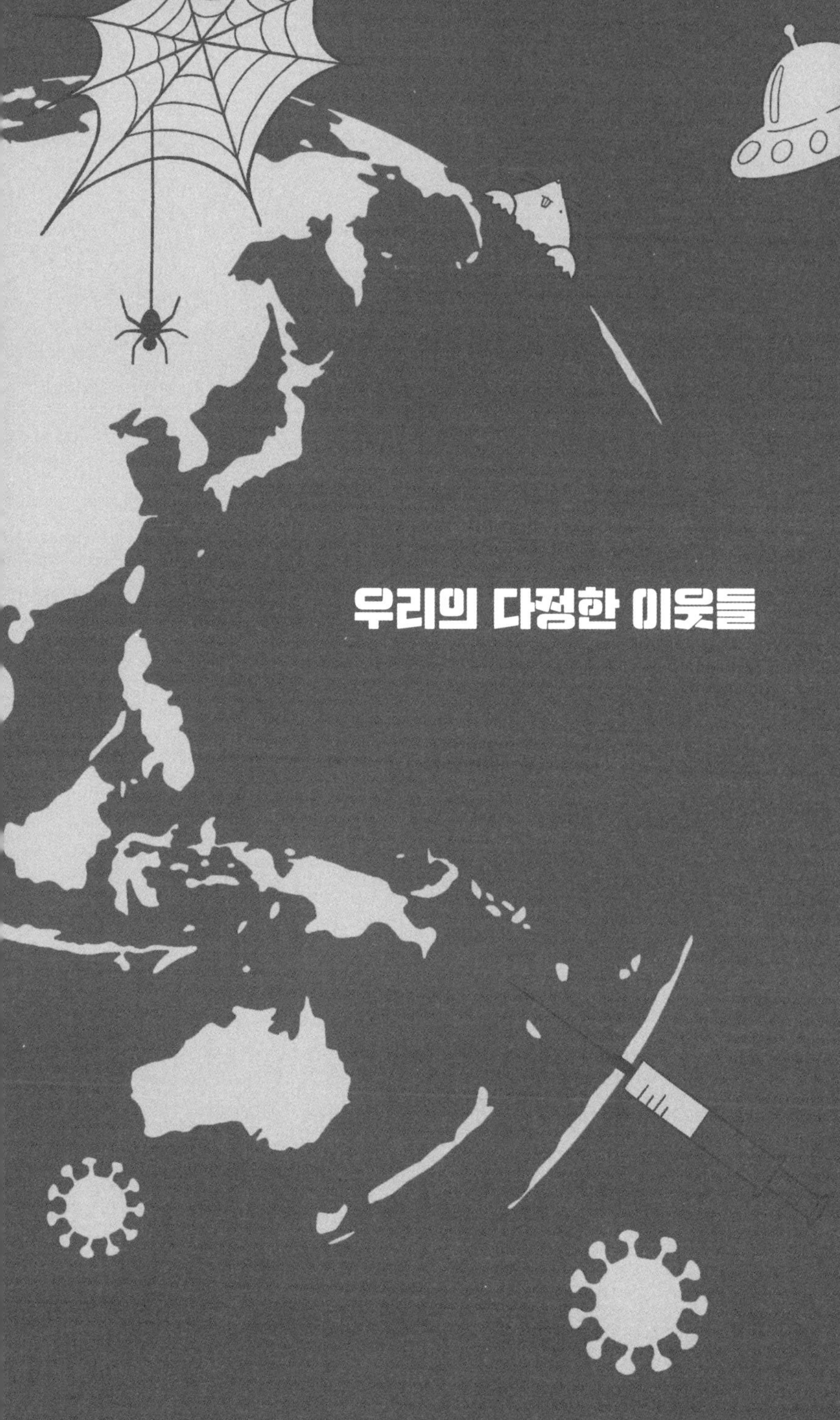
우리의 다정한 이웃들

*

끝도 없이 틈을 메우고 다닌 지가 언제부터였더라…. 먼지투성이 어둠 속에서 번뜩이는 눈빛으로 삼킬 것을 기다리는 놈들. 그나마 그놈들이 기어 나올 수 없게 막을 수 있는 것만도 다행스러운 일이다. 기석은 구부러진 등을 최대한 펴도 모자라 까치발까지 든다. 푸석거리는 쉰 숨이 새어 나오고 굳은살 박인 손끝이 부들부들 떨린다. 주민 센터와 경로당 사이 담벼락에 난 틈에 시멘트 반죽을 쓱쓱 밀어 넣었다. 아무리 자잘한 실금도 놓아두면 금세 틈으로 자란다. 그 속으로 어둠이 고이면 놈들이 스멀스멀 기어 나오기 시작할 것이고, 그러면 금방 동네 전체에 우글우글하게 된다.

에이, 박 씨! 또 그라네. 거 자꾸 쎄멘을 발라 싸면 우짜노. 에이 진짜, 온 동네 담벼락이 남아나지를 않네. 고향을 떠났으마 고마 거서 살지, 와 돌아와가 이래쌌노. 거참.

주민 센터를 나서던 짤깍이가 지청구를 해댄다. 뭣도 모르는 게 꼴에 통장이라고 또 지랄이다. 시멘트는 꽁으로 얻어지는 줄 아나? 다 지들 위해서 이렇게 돈 쓰고 애쓰고 있는데. 기석은 못 들은 척하고 금 간 자리에 시멘트를 문지른다.

놔두이소, 하루이틀도 아니고.

권 주사가 절뚝절뚝 따라 나오며 담뱃불을 붙인다. 그래도 권 주사는 좀 낫다. 동냥은 못해 줘도 쪽박은 안 깬다. 소 잃고 외양간 고친 게 도대체 몇 번인데, 짤깍이 놈은 아직 아무것도 모른다. 동네 사람들이 왜 자꾸 꼬꾸라지는지, 눈곱만치도 눈치를 못 채고 있다.

이구, 먼 병이 저렇노. 온 동네 구녕이란 구녕은 다 막아서 우짜자는 기고. 권 주사 니, 저번에 우리 집 우수관 막아가 옥상으로 물 넘치고 난리 난 거 아나 모리나.

알지예. 그래도 우짜겠습니까. 얼라 때 보던 아잰데요. 저래 되기 전에는 민주당서 한자리했다 하던데요. 김대중이 밑에, 동교동파? 뭐 그런 거도 했다 하고요.

하이고 참 나, 젊을 때 한 가닥 안 한 놈 어데 있노. 저 정신머리로? 똘마이나 했겠지.

우쨌든 간에 기석이 아재도 통장님매로 유공자 아입니까. 마, 그래 이해하이소.

그래 말하마 이 용사촌에 퐁당퐁당 유공자 집 아인데 어데 있노. 그래도 너거 아부지나 내는 월남 가서 베트콩이라도 잡았지. 전쟁터서 고엽제 맞아 가미 팔 빙신 돼가 왔어도, 그래도 우리는 진짜 용사 아이가. 근데 박 씨 저거는 5·18 그거 아이가. 전쟁터서 팔다리 날리고 온 우리도 정신이 멀쩡한데, 사지 육신 멀쩡한 지가 와 정신이 저 모양이고. 빨개이 짓 하다가 매칠 끌리갔다 온 기 뭔 대수라고. 저리 정신 나가가 객지로 떠돈다 꼬 저거 어무이 죽는 거도 못 지키고, 이제사 빈집 찾아

들와가 저기 뭔 꼬라지고. 글고 막말로, 절마는 갱상도
사람인데, 와 5·18 그거 유공자로 치 주노. 말이 되나.
　다 듣깁니다.
　뭔 상관이고. 들으마 뭔 소린 줄은 아나?
　어떤 때는 멀쩡합니더. 이야기도 잘하시고.
　온 동네 담벼락이 다 얼룩덜룩한데, 그라고, 내가
통장인데 이런 말도 몬 하나.
　아이고, 고마 통장님이 이해하이소.

　권 주사가 담배를 들이밀며 라이터를 툭툭 튀긴다.
짤깍이 놈이 집게 손을 짤깍짤깍 튕기다가 못 이기는
척 담배를 문다.

　전두환이 때 같으마 벌써 잽히갔다. 빨개이 짓을 해
도 유공자 맹글어 주는 세상이 다 되고. 참 나, 나라 세
금이 남아도는 갑다.

　담뱃재를 톡톡 털던 짤깍이가 삼거리 쪽으로 고개
를 휙 돌린다.

아이고 내 정신 봐라. 정 회장 만내기로 해 놓고 이
라고 있다.

급하게 두세 모금을 더 빨아 당기고 담배를 비벼 끄
며 집게 손을 흔든다.

권 주사, 내 간다이.

예, 가이소.

짤깍이가 성큼성큼 삼거리로 나선다. 방향으로 봐
서 이번에는 전우회 사무소 장기판에 끼어들어 틱틱
거릴 요량이다. 그러거나 말거나 기석은 계속 틈을 메
운다. 방수액 섞인 시멘트가 굳기 전에 서둘러야 한다.
손가락을 더 재게 놀리고 있는데 권 주사가 절뚝이며
옆으로 다가온다.

아재요. 요 구녕은 꼭 막아야 됩니까?

또 시작이다. 기석은 이런 멍청하고 속 편한 소리를
듣고 있을라치면 위 속에 곰팡이가 돋아난다. 명치부
터 단단하게 굳어 오다가 목줄기까지 따끔따끔하다.
누구 때문에 이 고생을 하고 있는데, 제 아부지한테 진빚만 없었어도 벌써 눈 밖에 냈을 터다. 기석은 꾹 참으려다가 답답한 마음에 속내가 툭 튀어나온다.

글마, 그냥 내비두란 말이가. 요서 거무가 기 나와서 온 동네 기 댕기마 우짤 낀데. 나오마 그때는 이미 늦은 기라.

아이고 아재, 맨날 뭐가 그래 기 나온단 말인교.

거무.

거무? 거미요?

그냥 거무가 아이다. 특무대서 풀어 놓은 기다.

특무대요? 그건 또 뭔교? 이번에는 안기부가 아이네?

잘못하마 동네 사람 다 죽어 나간다. 니도 조심해라.

아이고 무서버라. 거미가 사람을 지깁니까?

기석은 손을 멈추고 권 주사를 멀뚱하니 쳐다보다가 한숨이 푹 나온다.

하⋯ 암것도 모르마 신경 꺼라. 내 알아 한다.

이놈은 도대체 어디까지 멍청하단 말인가. 제 다리가 왜 그리된 줄도 모르고, 사람 좋은 척 비실비실 웃기나 하고. 기석은 또 참지 못하고 말이 툭 튀어나온다.

네, 네 다리가 왜 그리된 줄은 아나?

웃음기를 머금고 있던 권 주사의 얼굴에서 표정이 사라진다. 들고 있던 담배를 다시 쭉 빨아들이다 내뱉는다.

아재도 안다 아인교. 울 아부지 월남 가서 고엽제 맞은 거. 그거 때문에 내도 소아마비 되고.
알면서 그라나.
그래도 내는 개안습니다. 기왕 이래 된 거 짜고 볶고 해 봤자 뭐 하겠어예. 덕분에 이래 공무원도 하고.

권 주사가 다시 사람 좋은 웃음을 짓는다.

그기 다가 아이다.

예?

다가 아이라고.

예? 그기 무슨 말인데요?

니 너거 아부지, 재마이 행님이 누군지 아나?

기석이 갑자기 목소리를 낮춰 속삭인다. 권 주사가 비죽 웃으며 담배 연기를 길게 내뱉는다.

울 아부지 용사다 아입니까. 동네 사람들 다 아는데요. 용사 패도 있고예.

얼뜨기 같은 권 주사의 대답에 또 한숨이 난다.

하… 그거 말고, 너거 아부지는 두더지다.

예? 두더지요?

그래, 특무대 두더지.

특무대요? 그건 또 뭔데요? 아재, 오늘은 이야기가 좀 다르네?

권주사가 다시 비죽 웃으며 말한다.

안기부 안에 특무대라꼬 있다.

아… 또 안기부네요? 그라마 울 아부지가 안기부 직원이었네? 아니, 특무대 두더지? 그기 뭡니까?

기술자들은 그래 부른다.

기술자요?

그기 그래 바른 뜻이 아이고, 거… 뭐꼬? 그거. 아, 거 무 인간. 니 그거는 아나?

예? 거무? 아, 거미 인간? 스파이더맨 말하는 깁니까?

그래, 그런 거.

알지예. 근데 그기 왜예?

그기 진짜라. 영화매로 펑펑 날라댕기지는 않애도, 진짜로 그런 비스무리한 놈들이 있어.

아… 예.

영화에서는 착한 놈으로 맹근 거 같지마는도, 그기 중요한 거는 아이고.

착한 놈으로 맹글어요? 글면 스파이더맨이 원래는 나뿐 놈이었습니까?

그거도 다 작전인 기라. 착한 거를 나뿐 거로, 나뿐

거를 착한 거로, 요래조래 맹그는 기 그놈들 주특기라.

누가요? 안기부가요?

기석이 목소리를 더 다시 낮춰 말한다.

특무대, 거는 별의별 기술자들이 다 있다꼬. 바늘로 젤 아푼 데마 쿡쿡 찔러 쌌는 땡삐, 어둡은데 요래 숨어가 감시하다가 잠들마 와서 발가락부터 갉아 묵는 거무. 그라고도 밧데리, 물귀신, 두더지, 이런 놈들이 여럿이라. 그중에도 바닥으로 머릿속을 조종해가 아는 거를 다 새로 맹그는 박사가 대장이라.

아… 예. 그라마 스파이더맨도 안기부 기술자네예?

원래 이름은 거무라. 기술사이지마는도, 영화로 맹글고 해가, 요래– 또 다 감차 삐는 기라. 거무는 아주 독한 놈이라. 그놈이 어둡은 데서 이래– 쳐다보마, 보통 사람은 몸이 굳아가 꼼짝도 못 해. 거따 거무 새끼를 살 풀어놔. 그라마 쪼매난 틈이라도 있으마 새카맣게 기 나와가, 담벼락이고 천장이고 빽빽하게 거무줄을 치는 기라. 그 줄에 걸리마 그때부터 저도 모르게 갉아 묵히는 기라. 거무들이 사람을 쪼꼼씩 쪼꼼씩 갉아 묵어.

손가락 하나 발가락 하나 묵다가 팔목꺼정 무릎꺼정, 안에서부터 파묵어. 내중에는 눈도 파묵고 골꺼정 와삭 와삭 씹어 묵어.

스파이더맨이요?

거무 새끼가. 거무 지는 풀어놓고 묵지는 안 해. 그라이 더 나쁜 놈이지. 묵지도 않을 거를 잡아가 그 짓을 하고… 우쨌든 그래 한번 거무줄에 묶이마 평생 갉아 묵히. 안에서부터 파묵웅께 누구한테 뭐라 말도 못 해. 보훈 병원 가서 아무리 약 타다 묵어도 안 돼. 그라다 보마 세월마 가고, 고마 팔다리 빙신 되고 눈도 멀고 정신도 썩어 뿌는 기라.

권 주사는 다 타들어 간 담배를 종이컵에 눌러 끈다.

아따, 진짜 몰랐네. 내 아재 덕분에 스파이더맨이 안기분지 오늘 알았네. 근데 아재, 울 아부지는 뭔 기술이 있는데예?

그거는… 딱 안 죽을 만큼만 뚜디리 패는 기술. 뼈 안 상하고 내장 안 상하게 오랫동안 노나서 패는 기술.

울 아부지가 사람을 팼다고요? 하이고 아재, 울 아
부지는 우리한테 손끝 하나 안 대고 키왔는데예.

근데, 재마이 행님도 결국 그놈들 작전에 당했던
기라.

작전에 당해예? 아따, 아재. 오늘 이야기가 막 상상
력이 넘치네예.

재마이 행님 아부지, 그라이까네 너거 할아부지, 산
에서 죽었제?

예? 그건 또 뭔 말입니까?

그때부터라, 그놈들이 작전 건 기.

권 주사는 대충 장단을 맞추다가 이쯤 하고 주민 센
터로 들어가려고 했다. 그런데 뜬금없는 할아버지 이
야기가 발을 잡는다. 할아버지라면 권 주사가 태어나
기도 전에 돌아가신 터라 살가운 추억 따위 있을 리 없
다. 더구나 아버지는 할아버지 이야기가 나올라치면
역정부터 냈다. '그 인간 이야기는 꺼내지도 마라. 지는
지 하고 싶은 거 하다가 죽어 뿌서 후회도 없겠지마는
도, 어무이하고 내는 우째 산지 아나?' 이 지경이니 아
버지 앞에서 할아버지 이야기를 꺼낼 일은 없었다. 아

버지는 제사도 할머니 제사만 지냈다. 권 주사는 새 담배를 두 개 꺼내 불을 붙여서 하나를 기석에게 건넨다. 진짜든 아니든 일단 좀 더 들어 두는 게 좋겠다는 생각이 들어서다.

허허, 아재, 인제 울 할배 이야기도 있습니까?

기석이 바지춤에 시멘트 묻은 손을 쓱쓱 닦고 담배를 받아 문다.

어데? 지리산서 그랬다 했제?
지리산예? 울 할아부지가예?
그래, 재마이 행님이 말 안 해 주더나?
뭘예?

기석이 갑자기 이리저리 눈치를 살피다가 목소리를 낮춰 말한다.

까딱하마 새 나가. 다 들키.
뭐가요. 뭘 들키요?

목소리 낮차라. 하기는, 너거 아부지도 하마 죽었고, 인제 별 상관없을 수도 있지. 아이다, 그래도 모린다. 그놈들이 어떤 놈들인데.

안기부요?

권 주사가 빙긋 웃으며 장단을 맞춘다.

근데, 아재, 지금이 어떤 시댄데요.

멍충한 소리 하지 마라. 권 주사 니, 너거 누나들도 다 공무원이제?

예? 그건 또 와예. 큰누나는 우체국에 있고예, 작은누나는 선생인데예.

그거 다 너거 아부지가 시킨 거제? 맞나 아이가!

글키는 한데….

아버지는 틈만 나면 말했다. "너거는 다 공무원 해야 된다. 유공자 자석들은 가산점도 준다 하더라. 민재니는 다리가 그라이 더 유리하고. 딴 거는 생각도 하지 마라. 이 나라에서는 그래야 사람답게 산다. 절대로 딴 생각하지 마라. 고등학교 가마 그때부터 시험 준비해

라. 졸업하마 바로 시험 치고. 대학은 갈 생각도 말고." 어머니가 맥없이 나서서 "그래도 애들이 하고 싶은 거를 해야지…." 말을 꺼내면, "씰데없는 소리 하지 마라. 하고 싶은 기 밥 믹이 주나. 하고 싶은 거는 공무원 되고 나서 해도 된다." 어릴 때는 그 말이 고깝게 들리기도 했지만, 클수록 아버지의 말이 맞았다. IMF가 터지고 세기말을 지나 밀레니엄에 당도할수록 아버지의 예언은 더 확실한 믿음으로 자랐다. 어머니도 아버지 말 듣기를 잘했다고 가슴을 쓸어내렸다. 반항기가 있었던 작은누나도 아버지를 꺾지는 못했다. 죽어도 동서기는 되기 싫다는 소심한 반항의 결과로 교육대는 갈 수 있었지만, 작은누나는 그걸 위해서 맹세를 해야 했다. "니 대모하는 빨개이들 근처에만 가도 바로 퇴학이다. 알겠나! 맹세해라." 그렇게 작은누나는 대학을 가서 교사가 되었다. 어쨌거나 그런 아버지 덕에 우리 집은 딸 둘 아들 하나가 모두 공무원인, 이웃들에게 부러움을 사는 집이 되었다. 하지만 정작 아버지는 고엽제 후유증으로 폐암을 앓다 쉰을 겨우 넘기고 돌아가셨다.

너거 아부지가 왜 그랬겠노. 다 너거 할배 때문

이다.

울 할배가 왜예. 그거하고 뭔 상관인데예?

인마야, 목소리 낮차라. 클난다. 니 이거 어데 가서 절대 이야기하마 안 된다. 알겠나.

권 주사가 장단을 맞춰서 목소리를 낮추며 대답했다.

예, 아재. 알겠습니다.

너거 할배 빨치산 했다 아이가. 그냥 쫄따구 이런 거 말고, 도당 간부까지 했다꼬.

예? 울 할배가예?

그래, 전쟁 때 잽히가 총살당했다. 지리산 어데서.

아버지가 할아버지에 대해 유일하게 한 말인 '지 하고 싶은 거 하다가 죽어 뿌서'가 이런 것이었나? 기껏해야 주색잡기로 탕진한 이야기로 짐작했는데, 새로운 이야기가 앞뒤로 맞춰진다. 정신 나간 사람 말치고는 이야기의 아귀가 대충 맞다. 권 주사가 아리송한 아귀에 잠시 정신이 팔린 사이 기석이 다시 이야기를 이어

간다.

그 덕에 너거 아부지가 우째 살았는지 아나? 전쟁 끝나고 너거 할무이가 어린 너거 아부지를 겨우 키우는데, 전쟁 끝나고 한참 지났는데도 이놈들이 그냥 내비 두지를 않는 기라. 신문에서 북한이 어떻고 동해에 다대포에 간첩이 어떻고 저떻고 하마, 순사들이 내–감시를 하는 기라. 여차하마 너거 할무이가 지서에 잽히 가서 며칠씩 애를 묵는 기라. 그때마다 너거 아부지는 며칠씩 굶고. 그래도 묵고살라고 너거 할무이가 새북에 자갈치 가서 고등어 떠다 다라이에 이고 산복 도로로 댕기미 팔았어. 근데, 어선에 남는 전갱이 얻으러 올라가다가, 그때는 전갱이 고등어 요런 거는 너무 마이 잽히가, 큰 고기 잡는 배는 다라이 장사들한테 농가 주고 이랬거등.

근데예?

근데 너거 할무이가 고마 배로 올라가다가 미끌리 뿟는 기라. 마침 뱃사람들은 배 뒤에 몰리 있어서 그것도 모리고. 그래가 뱃전에 겨우 매달리가 올라갈라고 용을 쓰고 있는데, 옆에 배가 그걸 못 보고 배를 빼 뿟는 기라. 그 바람에 배끼리 실키는 대 낑기가, 고마 목이 똑 뿌라지 삐써.

울 할매가요?

그래.

권 주사의 얼굴에서 사람 좋은 웃음이 사라진다. 생전 할머니를 본 적도 없거니와 아버지는 할머니가 트럭에 치여서 돌아가셨다고 했다. 아무리 정신 나간 사람의 말이라고 해도 마냥 흘려들을 수가 없었다.

트럭이 아이고요?

재마이 행님이 그래 말했는 갑네. 하기사, 도라꾸마 어떻고 배마 어떻노, 다 지나갔는데. 우쨌든, 그래가 너거 아부지 혼자 남았다꼬. 그때부터 나무 집 머슴매로 우째 우째 크다가 대가리가 좀 굵어져서 제대로 밥벌이를 할라 하이, 또 너거 할무이랑 똑같은 꼬라지라. 내– 경찰서서 불러 쌌고. 어데 가마 다 보고하라 하고. 그라이 어데 번듯한 일을 구할 수나 있나, 장개를 갈 수 있나. 그래 살다 보이, 너거 아부지는 너거 할아부지 생각마 하마 열이 뻗치는 기라. 어데 지나가다가 뻘근 천

쪼가리만 봐도 몸서리가 쳐지고. 그래도 밸 수 있나. 안 죽으마 살아야지. 이라지도 못하고 저라지도 못하고 자갈치서 지게재이 하다가 오뎅공장 뒤밀이[1]도하고, 그래 하루하루 살았지. 근데 그때 딱 이놈들이 작전을 걸은 기라.

예? 작전요? 누가요?

특무대, 인마들이 저거 사람 맹글 때 딱 그래 하거등. 빼도 박도 못 하게 딱 코를 끼 뿌는 기라.

하… 참 내. 잘 나가다가 이야기가 또 삼천포로 빠진다. 권 주사는 더 들어야 할지 말아야 할지 잠시 고민한다. 삼천포로 빠지든 어쨌든 아버지 이야기니 관두기도 찝찝하다. 일단 계속 들어 보기로 한다.

그래서요. 우째 코를 끼는데요?

이라지도 저라지도 못하는 너거 아부지를 보고 딱 말하는 기라. 니한테 묻은 뻘건 물 빼 뿌는 방법이 있다꼬, 시키는 대로 하면 쏙 빠지 뿐다꼬.

---

1 자갈치 시장에서 어묵 공장으로 가는 대형 생선 수레를 밀어 주는 일.

그기 월남 가는 깁니까?

글치. 근데 그기 다가 아인기라. 일단 군에 넣어서 군복을 입히. 너거 아부지 같은 사람 여럿 퍼런 군복 입하가 빨갱이들 잡으로 보내. 거서 기술을 갈치. 전쟁터가 딱인 기라. 첨에는 사람 지기는 거. 좀 익숙해지마 안 지기가 잡아 오는 거, 숨어서 감시하는 거. 살살 괴롭히가 말하게 하는 거, 안 죽을 만큼만 살리 놓는 거. 요런 거를 갈키가 기술자를 맹글어. 그러다 보마 갈킨 거를 특출나게 잘하는 놈이 하나둘 나오거등. 글면 그놈들 뽑아 가가 더 교육을 시키. 착한 놈 나쁜 놈 맹글어 내는 법. 신문으로 테레비로 소문 맹그는 법, 저거끼리 서로 싸우게 하는 거, 이런 거를 갈키. 그거까지 다 잘하는 놈이 되마 글마들을 저거 특무대에 넣는 기라. 그래가 저거가 시키는 대로 일 잘하마, 고마 퍼런색 도장 딱 찍어가 저거 편으로 살게 해 주는 기라.

그라마, 울 아부지가 진짜 특무댄가 뭔가 그거였단 말입니까?

글치, 근데 너거 아부지는 월남 갔다가 고엽제를 맞았다 아이가. 월남서 배와 와가 기술자까지는 됐는데, 한동안은 저거 기술자로 잘 썼는데, 고마 고엽제 병이

도진 기지. 그때는 그놈들도 고엽제 병이 뭔지도 몰랐거등. 기껏 이거저거 갈키가 기술자로 맹글어 놨는데, 갑자기 병든 닭매로 골골하니까, 입 닫고 사는 몫으로 아파트 하나 주고 월남 용사 맹글어가 퇴직시킨 기지. 그라이 너거 아부지는 뻘건 물 빼고 한번 잘 살아 보자고 발 디딘 긴데, 결국 고놈들 작전에 걸릿따가 팽 당한 기라. 있지도 않은 뻘건 물만 쎄빠지게 빼다가 고엽제 맞고 뱅 걸리가 죽은 기라.

고놈들 작전에 한번 걸리마 어쩔 수가 없어. 놔 주기 전까지는 꼼짝도 몬 해. 그래도 너거 아부지는 상이용사로 유공자 된 것만 해도 됐다고 그라데. 우쨌든 가네 이제 뻘건색으로 몰리가 이리저리 끌리 댕길 일은 없으니까네. 자슥들도 앞으로 퍼렇게 살 수 있으니까네. 그라이, 너거들 뻘건 색 근처도 못 가게 한다꼬 다 공무원 시킨 기라. 근데 니 다리가 이래 될 줄은 너거 아부지도 몰랐지. 재마이 행님은 그거마 목에 까시라.

이야기의 아귀가 점점 디테일을 더하고 있다. 아버지와 기석 아재의 모종의 연관성을 떠올려도 도무지 떠오르지 않는다. 아버지는 쉰을 넘기자마자 돌아가

셨고, 기석이 아재는 멀쩡한 청년이었던 기억만 잠깐 있다. 몇 해 전에 동네로 돌아와서는 온 동네 구멍을 막고 다닌다. 아무리 떠올려 봐도 권 주사의 기억 속에 아버지와 기석 아재가 겹치는 기억은 없다. 권 주사는 어디까지가 신빙성 있는 이야기일까 생각하다가, 의문이 하나 들었다. 만약, 이 이야기가 진짜라면, 자식에게도 이야기 안 한 일들을 이 정신 나간 아재가 어떻게 알고 있다는 말인가?

근데예, 아재는 우째 우리 아부지가 기술자인 줄 아는 깁니까?

담배를 길게 빨아 당기던 기석이 숨을 멈추고 권 주사를 멀뚱히 쳐다본다. 권 주사와 눈이 마주치자 담배를 든 손끝이 가늘게 떨린다. 기석은 서둘러 담배꽁초를 비벼 불을 끈다.

아재가 우째 울 아부지 이야기를 다 아냐고요.

권 주사의 채근에 기석은 뒷덜미가 뻐근해지며 축

축하고 서늘했던 공기가 떠오른다.

모린다. 인자 일해야 된다. 가라.
아재, 울 아부지한테 들은 겁니까? 언제요?
모린다. 쎄멘 굳는다. 고마 가라.

기석은 다시 벽을 보고 돌아서서 틈 속으로 시멘트
를 밀어 넣는다.

아, 갑자기 왜 모르는데요? 아재, 우째 아냐고예.

기석은 대답 않고 손만 놀린다.

에이 거참, 이야기를 하다 말마 우쩝니까? 말하마
누가 잡아묵습니까!

순간 기석의 손이 멈추었다가 어깨까지 부들부들
떨린다. 권 주사는 그 모습을 지켜보다가 담배를 비벼
끈다. 부들부들 떠는 꼴을 보니 또 뭔가에 비위가 상한
모양이다. 더 이상 말하지 않겠다는 고집이 뒤통수에

땐땐하게 들러붙었다. 이쯤 되면 답이 없다. 그동안 행실로 봐서 이렇게 입을 닫으면 한동안 꿀 먹은 벙어리로 지내거나, 며칠은 동네에 얼씬도 않는다.

허, 참. 내가 아재하고 이 뭔 짓이고. 알써요. 고마, 내도 됐어요.

돌아서서 주민 센터 안으로 향하는 권 주사는 걸음이 찝찝하다. 늘 절뚝이던 걸음걸이가 막연히 낯설다. 혹시, 할아버지로부터 시작된 이야기가 정말로 절뚝이는 이 다리로 이어지고 있는 거라면? 아버지가 진짜 기술자였다면? 정말 그렇다면, 아버지가 그놈들의 작전에 말려들지 않았다면, 나는 절뚝이지 않고 태어났을까?

권 주사야,
예?
뭔 담배를 그리 오래 피우노.
예?
예는 자꾸 뭔 예고. 왜 이리 멍하노. 정신 채리라.

아, 예.

동장의 지청구에 눈앞이 밝아진다. 두더지? 거미? 밧데리? 땡삐? 하, 좀 더 했으면 어벤저스가 다 안기부 될 판이네. 미친 사람 말 듣고 이게 뭔 짓이고.

그 앞에 할매 아까 오싯다, 빨리 봐 드리라.
예 알겠습니다. 어무이 이리 앉으이소. 무슨 일로 오싯습니까?
기초 머 그거 받을라꼬. 통장이 요 가보라 하데.
기초 생활 수급요?
어.
어무이 8통입니까?
어, 우째 아노?

이번 주 들어 네 번째다. 8통 통장이 동민들에게 무슨 말을 하고 다니는지, 기초 수급 찔러보기가 단골 이다.

어무이요? 보호자 없어요? 자제분은요?

없어. 내 혼자라.

아, 예. 그라마 어무이 주민 등록증 가주왔어요?

없어. 집에서 하마 찾다가, 없어서 그냥 왔어.

아, 예. 그럼 어무이 주민 번호는 압니까?

몰라.

그럼 이름 말해 주이소. 어무이 연세는요?

뭐?

나이하고 이름요.

칠십 너이. 김예부이.

김예분?

어.

아따, 어무이 이름 곱네요. 이뿌이네, 이뿌이.

됐다 마. 이름이 밥 미이 주나.

그래도 이뿌마 좋지요.

어무이 나이가 일흔너이 맞아요? 안 뜨는데?

둘이나 서이로 해봐라. 아부지가 늦게 올릿을 끼라.

예. 보자…. 요 있네. 어무이 일흔둘로 돼 있네요. 잠
깐 기다리 보이소. 근데, 어무이 따님하고 아드님도 있
는데요?

없어 고마. 그것들 보도 안 해.

흠… 보자…. 따님은 시집갔고, 아드님은 결혼 안 했네예. 어무이, 자제분이 있으마 그냥은 안 되고예, 자제분 소득 증명이 돼야 되예. 동사무소 함 오시마 좋고예. 정 오시기 힘드시마 전화 통화라도 해서 확인을 해야 되예.

머시 그리 복잡노. 통장이 가마 알아서 해 준다더마.

복잡한 거보다도, 이기 자격이 돼야 되거든요.

할무이, 그기 그래 쉽게 되는 기 아입니다. 자격 증명이 돼야 되는 기지.

들고 있던 동장이 뒤에서 거들었다.

통장이 가마 된다 하더마, 미친 노무 새끼네 그거. 됐다 마, 그거 안 해도 내 묵고 산다. 치아라.

일흔둘 김예분 씨가 벌떡 일어나서 동사무소를 나간다.

권 주사야.

예.

8통 통장 단도리 쫌 해라.

예.

자— 때 됐네. 오늘 점심은 머 무꼬? 읊어들 봐라.

2통 통장님 집 복국 함 팔아 줄 때 된 거 같은데예.

아침부터 술 냄새를 풍기던 최 주사가 말했다.

짜슥, 아침부터 솔솔 풍기더마, 그래 가자. 니 속도 풀고 2통 통장님 속도 풀고, 공무원이 민원들 속도 풀어 주고 그런 기지. 전화해라.

예.

오늘 당번은 누고?

저예.

그래. 권 주사 빼고 다 일나라.

우르르 주민 센터 문을 나서는 직원들 뒤로 낮아진 가을 해가 들어온다. 반사된 햇볕이 가물가물 떠다니는 먼지를 지나 냉방기 옆구리와 뒷벽 사이의 그늘을 비춘다. 그늘 속에서 그물이 반짝인다. 자잘한 나선으

로 돌아가며 반짝이는 중간에는 동면하듯 꼼짝 않는
거미가 매달려 있다. 권 주사의 머릿속에 스파이더맨
영화 속에 나왔던 멜로디가 둥실 떠오른다.

　스파이더맨- 스파이더맨- 우리의 다정한 이웃-.

　고개를 빼고 주민 센터 문밖을 쳐다보니 기석이 아
재는 사라지고 없다.

두더지

*

기석은 권 주사가 주민 센터로 들어가는 걸 확인하고 곧바로 자리를 떴다. 제 아부지 신세를 갚으려다가 자칫하면 거무에게 잡아먹힐 뻔했다. 아무 생각 없이 술술 나불거리다니, 진짜 노망이 난 걸까? 더 바짝 정신을 차려야 한다. 권 주사 저놈이 어리숙한 놈인 줄 알았는데, 알고 보니 기술자일 수도 있다. 하긴 제 아부지가 기술자니 죽고 나서 그놈들이 아들까지 포섭했을 수도 있다. 그렇다면 권 주사가 위에다 보고할 것이고, 오늘 밤이라도 그놈들이 검은 지프를 끌고 들이닥칠 수 있다. 이제 와서 다 늙은 홀아비 한 놈 끌고 가 봤자 무슨 득이 있겠냐만, 그놈들은 잡아가고도 남을 놈들이다.

이리저리 둘러보니 동원빌라 석축 위에 줄줄이 심어진 개나리 우듬지 속에서 시선이 느껴진다. 다행히 석축들 사이 틈은 지난 봄에 미리 다 메워 두었다. 당장 거무들이 나오지는 못할 것이다. 손끝에 섬찟한 기분이 들어 쳐다보니 기대어 짚은 전봇대에 손가락만 한 구멍이 나 있다. 속에서 기어가는 소리가 들린다. 기석은 플라스틱 통 바닥에 남은 시멘트를 박박 긁어 전봇대 구멍에 밀어 넣고 서둘러 집으로 향했다. 서둘러야 한다. 권 주사 놈이 벌써 보고를 했을 것이다. 당분간 집을 떠나 떠돌아다녀야 한다. 늙은 홀아비로 노망이 나서 길거리를 배회하다가 경찰차에 실려 집으로 돌아와야 한다. 노망 난 늙은이의 이야기에 아무도 반응하지 않는다는 보고가 다시 올라갈 때까지, 계속 반복해야 한다.

기석은 집으로 들어가 손을 씻고 옷을 갈아입었다. 현관에서 운동화를 꿰어 신는 기석의 발끝으로 벙커 속의 서늘한 곰팡내가 올라온다. 깜빡이는 백열등과 흔들리는 비명들 속에 비릿한 웃음소리도 따라온다. 후텁지근한 열기와 찢어지는 통증 속으로 쇠 타는 냄새가 스멀스멀 섞인다. 캄캄한 어둠 속으로 개 짖는 소리와 검은 지프의 으르렁거리는 엔진음이 머릿속에 들러붙는다.

*

6월이 된 지 며칠 되지도 않았는데 때 이른 더위에 모기들이 극성이다. 거기다 동네 개들이 줄줄이 짖어 대서 선잠에서 깼다. 개 짖는 소리를 따라 우렁우렁 자동차 엔진 소리가 따라와서 집 앞에 멈췄다.

야야, 일나 봐라. 우짜노, 또 잡으로 왔는갑다.

어머니가 방문을 열고 말했다. 자동차 엔진 소리가 들릴 때부터 짐작은 했다. 쿠데타로 나라를 날름하더니 계엄령까지 내렸다. 자세히는 몰라도 광주서 사람이 많이 상했다는 풍문이 들렸다. 계엄령 하에서도 이 먼 경상도까지 날아온 풍문이니 아예 없는 소리는 아닐 것이다. 민주당에서 이래저래 일을 맡아 왔으니 이번에도 해코지할 것으로 예상은 했다.

괜찮애요. 며칠 실카가 풀어줄 낀데, 머. 내 같은 송사리를 우짜지는 안 할 끼라.

이내 대문을 두드리는 소리가 들렸다. 동네 개들이 더 큰 소리로 짖기 시작했다. 마루로 나가 대문에 대고 말했다.

밤늦게 누구요? 좀 기다리소.
경찰이다. 빨리 문 열어.
거참.

마당을 지나 문을 여니 안면 있는 지서 순경 하나에 사복 사내 둘이 서 있다. 그중 하나는 가끔 미행을 하고 따라다니던 형사 놈이다.

이 밤에 뭔 일입니까?
박기석이?

대답은 않고 다짜고짜 이름을 불렀다.

그렇긴 한데, 이 뭔 경우요.
시끄러, 야 잡아.
예.

같이 온 순경과 형사가 양쪽 팔을 잡아 앞으로 수갑
을 채웠다.

와 이라노. 내가 뭘 잘못했노.
조용히 해. 이 빨개이 새끼, 처맞기 싫으마 조용
히 타.

독기 어린 형사 놈의 빨개이 소리에 목덜미에 닭살
이 돋았다. 이번에는 좀 다르다. 그래도 좀 더 버텨 보려
고 말을 꺼냈다.

아, 갈 때 가더라도 옷이나 좀 갈아입읍시다. 보소,
지금 자다 나와서 적삼 홑껍데기요.

난데없이 워커 발이 정강이로 날아왔다. 양쪽에서 팔을 잡고 있어 주저앉지도 못하고 억 소리를 냈다.

닥치라고 했다. 한 번 더 씨부리마 아구창 날아간다. 빨리 태워.
예.

그대로 지프에 실렸다. 어머니가 뒤따라 나와 차 문을 못 닫게 잡고 섰다.

머꼬, 와 이랍니까. 이 밤에, 사람을 델꼬 갈라마 옷이라도 갈아입히야지. 최 순경요. 와 이라요.

어머니가 안면 있는 지서 순경을 보고 아는 척을 했다.

아지매 비키소. 이라마 다치요.
그라마 어데로 가는데, 그거는 갈치 주소.
그거는 내도 모릅니다.
아요, 사람을 델꼬 가마, 어데로 가는지는 갈키 주

야지. 안 그런교. 식구들 애타구로.

　엄마 개안타. 걱정 말고 집에 드가 있어요. 며칠 있으마 올끼요.

　보소, 고마 아들 말 들으소. 다친다.

　순경이 문에 매달린 어머니를 밀쳐 내고 문을 닫았다. 밀린 어머니가 바닥에 주저앉아 동네 들으라고 목 놓아 외친다.

　이기 뭔 갱우고. 갱찰이 이라마 우짜노. 갱찰이 국민을 지키야지, 야밤에 이래 끌고 가노.

　출발해.

　어머니의 목소리와 개 짖는 소리를 뒤로하고 지프가 출발했다. 동네를 벗어나 국도를 달리기 시작하자 옆에 앉은 형사가 말했다.

　빨개이 새끼 어미 아니라고 할까 봐 주디가 따발총이네. 겁도 없이.

차인 정강이를 아파할 새도 없이 다시 목뒤에 소름
이 돋았다. 아무 대꾸도 할 수가 없었다.

지프는 한 시간쯤 달려서 경찰서에 멈췄다. 유치장
에 들어가 있으니 밤사이에 두 명이 더 잡혀 왔다. 날이
새자 천막을 씌운 군 트럭이 한 대 왔다. 짐칸에 잡혀 온
셋을 앉히고 소총을 맨 군인 두 명이 입구에 앉았다. 트
럭이 출발하기 전에 머리에 두건을 씌웠다. 그렇게 한
참을 갔다. 두건을 쓰고 있으니 어디로 가는지 가늠이
되지 않았다. 한참을 달려 트럭이 섰다. 내려서 걷다 보
니 쿰쿰한 곰팡내가 났다. 지하 벙커라고 생각했다. 갑
자기 두건을 벗기니 계급장과 이름표가 없는 군복을
입은 남자 둘이 앞에 서 있다. 곁눈으로 둘러보니 자그
마한 강당 같은 곳이다. 천정에 드문드문 갓등이 매달
려 있고 구석으로 갈수록 컴컴한 어둠이 주위를 포위
하고 있었다. 여름이 다 되었는데도 공기가 서늘했다.
그 탓인지 공포감 때문인지 계속 닭살이 일었다. 강당
오른쪽 복도에는 양쪽으로 방을 여러 개 만들어 놨다.
극단 세트 같은 느낌이 들었다. 갑자기 왼쪽 옆에 서 있
던 사내가 피실피실 울음 섞인 공포를 터뜨렸다.

흐으… 저기요… 저는요… 잘못 잽히 온 거 같은데
요. 히이… 저는 진짜 암 것도 안 했는데요.

사내가 터뜨린 공포가 옮아와서 온몸이 떨리기 시
작했다. 오른쪽에 선 사내도 마찬가지인 것 같았다.
그때 뒤쪽에서 목소리가 들렸다.

입 닫아!

건조하고 무거운 목소리가 울리자 신기하게 벙커
안의 모든 것이 멈췄다. 몸의 떨림도, 공포를 머금은 생
각도, 시간조차도 멈춰 버린 것 같았다. 그 공간의 모든
것은 그 목소리에 눌려서 그대로 얼음이 되었다. 목소
리가 잠깐의 틈을 두고 다시 말했다.

세 분입니까?
예 박사님.

앞에 서 있던 군인이 답했다. 박사?

한 분씩 넣고 저녁때부터 두더지 푸세요.

예!

박사? 두더지? 뭔 말이지? 목소리의 주인공이 궁금해 뒤를 돌아보고 싶은데 몸이 꼼짝도 하지 않았다. 혹시나 해서 눈동자를 굴려 보니 옆에 둘도 꽁꽁 얼어붙었다. 그러고 있는 사이 박사가 다시 말했다.

이동.

신기하게도 박사의 지시가 떨어지자 몸이 다시 움직였다. 군인이 뒤에서 툭툭 쳐 가며 방으로 몰았다. 방 사이의 복도에 들어서자 감시창과 배식구가 달린 철문들이 줄줄이 보였다. 왼쪽 사내가 첫 번째 방, 내가 두 번째 방, 오른쪽 사내가 맞은편 방으로 들어갔다. 방에 들어가니 수갑을 풀어 주고 문이 닫혔다. 다리에 힘이 풀려 주저앉고 보니 온몸이 땀에 젖어 있었다. 잡혀 올 때 입고 온 적삼이 몸에 들러붙었다. 두 평 남짓의 사각형 방 속에는 침구도 옷걸이도 하나 없었다. 유일한 구성품은 맨 안쪽 구석에 놓인 화변기뿐이었다. 방 중앙

허공에 매달린 백열등은 사각의 방에 고루 빛을 보내서 그림자 하나 없이 구석구석을 밝히고 있었다. 방 속에 존재할 수 있는 어둠은 방에 갇힌 사람이 만들어 내는 어른거림과 화변기의 반달 모양 입체가 만들어 내는 지린내 나는 그림자밖에 없었다.

기석은 잡혀 오기 전 어머니의 말이 떠올랐다. "우짜노, 또 잡으로 왔는갑다." 그때 숨거나 도망을 쳤어야 했나? 며칠 괴롭히다 말겠거니 했는데, 이번에는 아무래도 쉽게 끝날 것 같지 않다. 어찌 됐든 마음을 다잡고 버텨야 한다. 그래도 이제까지 경찰서 들락거린 굳은살이 있는데, 일단 체력을 아껴야 한다는 생각에 바닥에 누웠다. 젖은 몸이 서늘한 시멘트 바닥을 만나 급하게 식었다. 앉는 게 낫겠다 싶어 다시 일어나 벽에 기대어 앉아 있으니 오한이 들었다. 그러다가 다시 열이 나다가 식은땀이 흐르기를 반복했다. 아무래도 몸에 탈이 난 것 같다. 그래도 별수가 없다. 견디는 수밖에. 기석은 쪼그리고 앉아 졸다 깨다를 반복하고 있었다. 잠결 속으로 이상한 소리가 들렸다. 무언가 끌리는 소리가 났다. 뭔가 싶어 문에 난 감시창으로 내다보았다. 복도에는 훌쭉한 키에 다부진 체형을 한 사내가 어슬렁거리고 있었다. 손에는 거무스름한 붉은빛이 나는 길쭉한 몽둥이를 잡고 있다. 소리는 그 길쭉한 몽둥이가 바닥에 질질 끌리는 소리였다. 복도의 갓등 아래를 지날 때 드러나는 사내의 얼굴과 손은, 양반댁 규수의 것처럼 하얗게 빛났다. 덕분에 그 하얀 손에 잡힌 몽둥이가 묘한 이질감을 드러냈다. 사내가 다음 갓등 아래를 지날 때 기석은 어딘가 낯이 익다는 생각이 들었다. 누구지? 어디서 봤지? 어? 재마이 행님? 아닌가? 그 행님이 저래 하얬나? 그 행님은 월남 갔다가 와서 뭐 한다 했지? 설마 아이겠지. 그 행님이 왜 여기에? 내가 헛기 보이나? 생각이 갈피를 못 잡는 사이에 복도를 배회하던 몽둥이가 바닥 긁는 소리를 멈췄다. 사내는 맞은편 방문 앞에 서 있었다. 서서 감시창으로 얼굴을 들이밀고 말했다.

새로 들어왔네?

그러고는 문을 열고 들어갔다. 강당에서 오른쪽에 서 있던 사내의 당황한 말소리가 들렸다.

뭐, 뭐요?

하얀 사내는 아무 말도 하지 않았다. 잠시 조용한 침묵이 계속되다가 이내 소리가 들려왔다.

으, 악, 악, 으, 왜… 으, 살려 주, 으, 악.

오른쪽 사내의 구르는 소리와 몽둥이가 바람을 가르고 가서 몸과 부딪는 소리, 비명이 계속해서 들렸다. 십 분이나 넘게 지났을까. 퍽 픽 짝 소리만 날 뿐 오른쪽 사내의 소리는 더 이상 들리지 않았다. 기절했거나 죽었을 수도 있다. 몇 번 더 퍽 짝 소리가 나고 이내 조용해졌다. 이어 문 닫는 소리가 나고 다시 몽둥이 끌리는 소리가 나기 시작했다. 순간 갓등 아래서 몽둥이가 검붉게 빛나던 이유가 이해되었다. 머릿속이 하얘졌다. 하얀 사내는 천천히 복도를 어슬렁거리며 숨을 고르고 있었다. 그때부터 몽둥이가 끌리는 소리는, 언제일지 모르지만 반드시 다가오고야 말, 어떤 종말에 마중물을 붓는 듯한 소리가 되었다. 아무것도, 아무런 생각도 할 수 없게 만드는 소리. 제발 이 방 앞에서 멈추지 말기를, 제발 내가 아니기를, 적어도 이번만은 아니기를, 다른 방 다른 사람들이야 어찌 되었든, 제발 나는 아니기를, 계속해서 빌게만 되는 소리였다. 하지만 그 소리는 기석의 방 앞에서 멈췄다. 심장이 오그라들어 눈을 들어 보니 문 감시창에 하얀 사각형과 까만 눈동자 둘이 반짝이며 말했다.

새로 들어왔네?

문을 열고 들어온 사내가 쪼그려 앉아 떨고 있는 기석을 보았다. 두 눈이 마주쳤다. 기석은 언제 몽둥이가 날아올지 몰라 눈을 피할 수도 없다. 공포에 정신이 날아가면서도 누구지? 분명히 아는 사람인데? 재마이 행님을 마이 닮았네. 어쩌면 이번에서 살아 나가기 힘들지도 모르겠다. 생각이 자꾸만 멀리 달아나고 있었다. 그때, 하얀 손이 기석의 뺨을 철썩 갈겼다. 정신이 후닥닥 돌아왔다. 어떻게든 살아야 한다. 최대한 버티자. 기석은 한 손으로 머리를 감싸고 다른 한 손으로 배를 감쌌다. 최대한 몸을 말아서 온몸을 웅크리고 날아올 몽둥이를 기다렸다. 잠시 침묵이 이어지다가 하얀 무엇이 날아와서 온몸에 힘을 주고 눈을 질끈 감았다. 다시 침묵이 이어져서 눈을 떴다. 눈앞에 허연 사내가 앉아 입에다 손가락을 대고 있었다. 허연 사내는 최대한 작은 소리로 말했다.

박기석이, 정신 채리. 무조건 버티. 알았어?

기석은 무슨 말인지 이해하지 못했지만 머리를 끄덕였다. 사내가 다시 낮게 말했다.

살아서 나갈라마 일단 맞아. 움직이지 마, 뼈 뿌라지.

기석이 다시 머리를 끄덕이자 몽둥이가 날아오기 시작했다. 퍽 팍 짝 윽 윽 소리가 나다가 울음소리가 섞여들었다. 옆 방의 사내가 더 이상 참지 못하고 울고 있었다. 몸 여기저기 날아드는 몽둥이의 타격을 받으면서 정신이 몽롱해졌다. 몽롱한 정신으로도 생각했다. 어쩌면 이 사내는 재마이 행님이 맞을 수도 있겠다. 벙커에 오래 있어서 하얘졌나? 근데 맞다고 해도, 왜 재마이 행님이 여기에, 생각할 즈음 온몸이 늘어지며 오줌이 나왔다. 묘하게 오줌과 함께 몸 안에 쌓인 열이 빠져나가는 게 느껴졌다. 더는 몸에 부딪는 몽둥이도 아프지 않았다. 기석은 이해할 수 없는 편안함에 당황하며 잠들 듯 기절했다.

다시 눈을 뜨니 머리맡에 한 되짜리 양은 주전자 하나가 놓여 있었다. 손을 뻗어 보니 몸은 움직였다. 어디가 성하고 어디가 상했는지 알 수 없는 지경이지만 일단 움직여지니 살아 있었다. 어느 방인지 약간 멀리서 윽, 살려 주, 윽, 씨발, 그만해, 악 소리가 들렸다. 기석은 주전자에 입을 대고 벌컥벌컥 물을 마셨다. 물이 몸 구석구석으로 옮겨 가서 꺼져 가는 세포들을 스르륵 일으키는 것이 느껴졌다. 일어나는 세포들과 함께 졸음이 몰려왔다. 기석은 벽에 기대앉은 채로 잠이 들다가 깨기를 반복했다. 잠과 잠 사이에 문이 열리는 소리가 들리고 다시 퍽 팍 윽 소리가 들렸다. 그 소리는 먼 곳에서 가까운 곳으로 옮겨 오다가 다시 멀어지기를 반복했다. 설명도 물음도 없이 다짜고짜 방에 들어와 사람을 반죽음으로 만들어 놓고 물 주전자 하나를 두고 간다. 악을 쓰며 덤비던 다른 방 사람도, 울며불며 뭔지도 모를 죄를 용서해 달라며 빌던 사람도 모두 조용해졌다. 이제는 자기 차례가 오면 몸을 웅크리고 빨리 지나가기를, 좀 더 빨리 기절하기를 바라는 수밖에 없다. 두 번째 차례가 지나도록 하얀 사내는 기석에게 다시 말을 걸지 않았다. 기석은 두 번째 주전자 물을 마시면서 생각했다. 이렇게 맞아도 사람은 죽지 않는구나. 아닌가? 안 죽을 만큼만 때리는구나. 자분자분 밟아서 누구든지 순한 양으로 만들어 버리는구나. 그래도 다행이구나. 안 죽을 만큼만 때리는구나. 안 죽게 때려 주니 고맙구나. 고마운 사람이구나. 휘영청 빛나는 백열등 아래서 몽롱한 잠과 싸우며 기석은 신앙처럼 중얼거렸다. 몽둥이와 살이 부딪는 마찰음과 번쩍이는 양은 주전자가 머릿속에서 빙빙 돌고 있었다.

세 번째 차례가 왔을 때 눈을 떠 보니, 눈앞에 하얀 사내가 입에 손가락 쉿 모양을 한 채 앉아 있었다. 기석도 사내를 따라 손가락을 입에 대었다. 사내가 작게 속삭였다.

박기석이, 정신 놓지 마.

그렇게 속삭이고 기석의 입속으로 무얼 밀어 넣었다.

사탕이다. 두 알. 포도 맛. 포도 맛 에너지가 순식간에 몸속으로 퍼져 나갔다. 아지랑이처럼 정신이 피어올랐다. 아니, 희망이 피어올랐다. 어쩌면 여기서 살아나갈 수도 있겠다. 기석의 눈에서 하염없이 눈물이 흘렀다. 사내가, 아니 재마이 행님이 다시 속삭였다.

빨리 삼키. 살라마 버티. 움직이지 마.

기석은 고개를 끄덕였다. 다시 퍽 팍 푹 짝 몽둥이와 몸의 마찰음이 들렸다. 더는 아프지 않았다. 입안 가득한 포도 맛 에너지가 온몸으로 퍼져 나가서 다 견딜 수 있을 것 같았다. 더 자분자분 두들겨 맞아서 재마이 행님이 만든 순한 양이 된다면, 여기서 살아서 나갈 수 있다. 어쩌면 또 사탕도 먹을 수 있을지 모른다. 눈물이 멈추지 않고 흘러나왔다. 기석은 최대한 움직이지 않으려 애쓰면서 몽둥이가 몸에 부딪는 순간에 맞춰 입안의 사탕을 깨물었다. 와작와작 깨서 서둘러 몸속으로 밀어 넣었다.

다시 눈을 뜨니 구수한 밥 냄새가 났다. 몸을 돌려 문 쪽을 보니 배식구로 밥과 시래깃국과 김치가 담긴 군용 식판이 들어와 있었다. 신기루처럼 김이 피어오르는 시래깃국을 보며 기석은 꿈을 꾸고 있다고 생각했다. 꿈이든 뭐든 뭘 상관이냐. 일단 먹고 보자. 달려들어 허겁지겁 해치웠다. 그날부터는 때리지 않았다. 샤워를 시키고 낡은 군복으로 갈아입혔다. 이틀 동안은 하루 한 끼를, 사흘째부터는 두 끼를 주고 며칠을 내버려 두었다. 발소리와 문 여닫는 소리에 깜짝깜짝 놀라기는 했지만 상한 몸이 점점 회복되었다.

며칠이 더 지나고 명찰 없는 군복을 입은 군인이 들어와서 수갑을 채우고 두건을 씌웠다. 다른 곳으로 가는 도중에 여기저기서 비명이 들렸다. 무언가 타는 듯한 냄새도 났다. 곧 문 열리는 소리가 나고 어느 방으로 들어가서 앉았다. 두건을 벗겨서 앞을 보니 사각 테이블을 두고 마주 보는 자리에 하얀 가운을 입은 남자가 앉아 있었다.

박기석 씨?

그 목소리였다. 처음 도착한 날 벙커 안의 모든 것을 멈추게 했었던 박사.

대답 안해요?
예?
흠… 반응이 좀 느리네? 두더지가 일을 제대로 안 했나?

아차, 기석은 정신이 번쩍 들었다. 난 순한 양이다. 재마이 행님이 만든 양. 정신 바짝 차려야 한다.

맞습니다. 박기석.
아, 예. 좋아요. 지금처럼 빨리빨리 대답해야 돼요.
예.
그럼 묻는 말에 대답 잘해요?
예.
박기석 씨? 사탕은 맛있었어요? 포도 맛이었나?
예?

기석은 그대로 얼어붙었다.

왜요? 내가 몰랐을까 봐? 뭐 그리 쫄지는 말고. 고향 동생한테 사탕도 좀 주고 그럴 수 있지, 뭐. 그 정도는 우리도 이해해요. 두더지도 며칠 고생은 하겠지만, 그 정도는 뭐, 괜찮아요. 박기석 씨?

예.

여기는 거미가 살아요. 거미 알아요?

예.

거미가 눈이 몇 갠 줄 알아요? 여덟 개야. 뭐 웬만한 건 사각 없이 다 본다는 말이지. 무슨 말인 줄 알겠어요?

예.

우리 기술자 중에 거미라고 있어요. 아, 우리는 그냥 그렇게 불러요. 박기석 씨?

예.

이제부터는 이렇게 생각해요. 당신 주위에 조금이라도 틈이 있으면, 거기 거미가 있는 거야. 수백 수천 마리가. 여덟 개 눈이 수백 수천 개 있는 거지. 그 눈으로 당신을 항상 지켜봐. 잘 때도, 밥 먹을 때도, 똥 쌀 때도.

알아듣겠어요?

예.

자, 그럼 다시 시작해 볼까요?

예.

박기석 씨? 당신 북한 갔다 왔지요?

예?

흠… 또 봐라 이거?

제가 북한을요?

하… 안 되겠네. 옆방 가서 써니텐 한잔하고 오세
요. 기관병? 밧데리한테 써니텐 한잔 먹여서 보내라
고 해.

기석은 써니텐이 뭔지는 모르지만 절대 먹어서는
안 될 거라는 직감이 왔다.

아, 아입니다. 개안습니다.

늦었어요. 박기석 씨, 제가 빨리빨리 대답하라고 했
잖아요.

문이 열리고 군인이 들어와서 다시 두건을 씌워서

다른 방으로 데려갔다. 의자에 앉히고 팔다리를 의자에 묶었다. 두건을 벗기자 항공 점퍼를 입은 남자가 서 있었다. 아무 말도 하지 않고 입에 수건을 밀어 넣었다. 오른손 검지 손가락에 집게를 하나 물리고 왼발 엄지 발가락에 다른 집게 하나를 물렸다. 그러고는 몸이 붕 떠올랐다. 번쩍거리는 빛이 몸을 타고 다녔다. 어, 어, 팔다리가 머리가 머리카락까지, 몸에 붙은 모든 게 중심으로부터 달아나고 있었다. 기석은 어디가 중심인지는 모르겠지만 모든 게 자신으로부터 달아나고 있다고 생각했다. 달아나면서 털을 태우고 있다고 생각했다. 그러고는 캄캄해졌다.

다시 눈을 뜨니 항공 점퍼가 앞에 서 있었다. 시간이 얼마나 흐른 걸까. 입안에는 쇠 냄새가 가득하고 가슴과 팔이 이어지는 부위에 찢어지는 통증이 일었다. 눈을 돌려 보니 외상은 없다. 남자가 기석의 눈꺼풀을 한번 뒤집어 보더니 묶었던 팔다리를 풀었다. 손끝이 아직 덜덜 떨렸다. 목이 미치도록 말랐다. 항공 점퍼가 문을 열고 말했다.

데려가.

젊은 군인 둘이 들어와서 다시 두건을 씌웠다. 양쪽 겨드랑이에 팔을 끼워서 끌다시피 데려가서 어느 방에 앉혔다. 두건을 벗고 보니 처음 왔던 방이었다. 흰 가운의 박사가 또 앞에 있다.

박기석 씨?
예? 예.
목마르죠?
예.
써니텐이 원래 그래, 자 물 마셔요.

박사가 물 주전자를 건넸다. 기석은 말없이 주전자를 받아 벌컥벌컥 들이켰다. 물을 넘길 때마다 목구멍이 찢어질 것처럼 따가웠다. 그래도 그 통증보다 갈증이 더 심했다. 주전자에 든 물을 다 마시고 내려놓았다.

이상하네? 목이 아파서 잘 안 넘어갈 텐데? 밧데리가 일을 제대로 안 했나?
아닙니다. 아픕니다.

기석이 재빨리 대답했다.

아 네. 그렇지요? 박기석 씨, 이제 좀 빠릿하다, 그
지요?
예.

기석은 아직 덜덜거리는 왼손 끝을 오른손으로 꼭
부여잡으며 대답했다.

좋네, 좋아. 그럼 다시 시작해 봅시다.
박기석 씨, 북한 갔다 온 적 있죠?
… 제가 기억이 잘…
에이, 잘하시다가 또 이러네.
아니, 그게 아니고요. 진짜, 진짜 기억이 안 나서요.

박사가 눈동자를 한 번 빙글 돌리고 나서 입꼬리를
슬쩍 올렸다.

아… 그래요? 그렇지, 힘들면 가끔 기억이 안 날 수

도 있고 그래요. 그렇죠?

예.

알았어요. 그럼, 박기석 씨?

예?

박기석 씨 똑똑한 사람 같으니까, 내가 딱 한 번만
이야기해 줄 테니까 잘 들어요?

예? 예.

자 시작합니다. 듣고 앞으로는 잘 기억해요?

예.

박기석 씨는 1979년 가을에 부산 기장에서 배를
타고 동해를 통해서 이북으로 갔어요.

예?

또, 또! 기억이 안 난다면서요. 일단 잘 들어 봐요. 알
겠죠?

예.

박기석 씨는 북한에 가서, 김일성을 만나서 의기투
합합니다. 남조선 혁명화를 위해서 작전을 짠 거지. 노
동당에 가입도 하고. 그래서 김일성이한테서 공작금
을 많이 받아서, 다시 배를 타고 부산으로 내려왔어요.
내려와서는 김대중이를 만나서, 내란을 모의하고요.

내란에 성공하면 김대중이는 대통령을 하고 박기석 씨는 경상남도지사를 하기로 사전에 탁, 결탁했어요. 맞지요?

제가요?

예 박기석 씨가요. 아닙니까?

아, 아닙니다.

그렇죠? 맞죠? 그래서, 이 작전을 성공시키기 위해서 김일성한테 받은 공작금을 들고 광주로 갔잖아요. 가서 청년들하고 대학생들 세포 조직화하고. 그렇게 이번 광주 사태를 일으켰잖아요. 박기석 씨, 이제 다 기억이 났죠? 안 났어요?

예? 아니요, 났습니다.

혹시 또 기억 안 나면 이야기해요. 우리 기술자 많어. 밧데리, 아 밧데리하고 두더지는 벌써 만나 봤고, 물귀신, 땡벌, 거미 뭐 이런 기술자들이 많아요. 당신 같은 빨갱이들 지지고 볶아서 기억나게 하는 거 잘해요. 우리.

*

아, 아니요. 기억납니다.

서둘러 대답하고 보니 허공으로 날아가던 '기억납니다'가 다리에 들러붙어 후들거린다. 기석은 대문을 붙잡았다. 대문에 붙은 '민주유공자의 집' 명패가 눈에 들어온다. 태극 문양 양각이 새겨진 동판 위로 푸르스름한 녹이 끼었다. 유공자는 염병, 고양이 목에 방울이다. 정신 바짝 차려야 한다. 자칫하면 그 여름밤처럼 또 끌려갈 것이다. 우렁우렁 울어 대는 검은 지프차에 실려 가서, 밤낮없이 어둑한 냉기와 축축한 습기로 가득 찬 벙커 속에 던져 놓을 것이다. 그러면 하얀 가운을 입은 박사가 다가와 물을 것이다.

또 왔네요, 박기석 씨?

예? 예.

왜 나불거렸어요? 박기석 씨? 대답 안 해요?

아, 아닙니다.

흠… 반응이 좀 느리네? 오랜만에 써니텐 한잔 하실래요?

아, 아닙니다.

그럼 빨리 대답해요. 알았죠?

예.

그래, 훨씬 낫네. 박기석 씨?

예.

내가 말했잖아요. 거미가 다 보고 있다고. 운 좋게 풀려났으면 입 다물고 살았어야지.

아니, 그게….

흠… 그래. 그럼 일단 이렇게 왔으니까 한 바퀴 돌고 가요.

아, 아니요. 저 암 말 안 했습니다.

박기석 씨?

예?

늦었어요. 알죠?

예?

자, 그럼 누구 먼저 시작할까요?

아니요, 진짜 암 말도 안 했다고요.

전통대로? 그래요, 아무래도 그게 좋겠죠? 전통은 과학이니까. 그럼 두더지가 먼저 노골노골하게 반죽하고, 그다음에 물귀신, 땡벌, 밧데리 순으로 돌려요. 뭐? 에이, 장사 하루 이틀도 아니고 기술자들이 왜 이래. 괜찮아, 안 죽어. 경로 우대해서 적당히들 해요. 뭐 많이 힘들어하면 좀 쉬게도 해 주고. 응? 버텨? 안 그럴 것 같기는 한데, 만약 그러면… 그래요, 잘 아네. 그렇게 해요. 며칠 못 버틸걸? 이런 노인네 거미한테 던져 주면 사흘도 안 걸려 뼈까지 다 씹어 먹지 않나? 실종 신고? 괜찮아. 이런 노망난 노인네를 누가 찾아요. 없어지면 그만이야. 그럼, 일하기 전에 식사들 챙기시고, 다들 수고!

안 했다고. 씨불 새끼들아, 암 말도 안 했다고.
기석이 중얼거리며 대문을 나선다. 후들후들 다리가 따라간다.

쥐가 있다

*

　3주째 기말고사 대비 기간이라 피곤이 명치까지 내려앉았다. 오늘따라 애들은 산만하고 지원이는 또 땡땡이를 쳤다. 내일 지원이 아버지와 통화할 생각을 하니 벌써 골치가 지끈거린다. 마스크를 쓰고 네 시간째 떠들어 대니 시큼한 침 냄새가 코에 눌어붙었다. 기분 탓인지 살짝 열도 나는 것 같다. 설마? 내일 또 보건소에 가야 하나? 아서라, 한두 번도 아니고 일일이 PCR 검사를 받다가는 코에서 뇌까지 구멍이 뚫릴 것 같다. 근근이 열 시 수업을 마쳤다. 교무실로 오니 원장이 자리에 없다. 일찍 퇴근한 모양이다. 실장도 마침 수업 중이다. 곧바로 B반으로 갔다.

야, 야. 애들아, 조용히 해 봐. 이준아 앞에 보고. 박이준.

야, 띨! 앞에 보라고.

현아가 목소리를 높으니 이준이가 돌아앉았다.

야, 임마. 내보다 현아 말을 더 잘 듣노.

예? 아닌데요.

현아 니는 그거 하지 말라고 했제?

예, 쌤 죄송. 근데 점마 신경 1도 안 써요.

그래도 하지 마라.

넵.

그래, 어쨌든, 미안한데 쌤이 몸이 좀 안 좋아서, 보충 내일 이 시간으로 미뤄도 되겠나?

예스! 당연하죠, 쌤.

이준이 주먹을 불끈 쥐고 대답한다. 다른 아이들도 서둘러 가방을 챙긴다. 경수만 꾸물거리며 할 말이 있는 표정이지만 모른 척했다.

그럼 보충은 내일 하자. 피시방 가지 말고 바로 집에 가라, 알겠나!

예, 쌤. 내일 봬요.

이준이 먼저 튀어 나갔다.

다른 반 수업 중이니 조용히 나가라.

아이들을 보내고 교무실로 돌아와 스케줄 보드를 수정했다. 실장의 잔소리쯤은 내일 담배 타임에 슬며시 뭉개면 된다. 대충 퇴근 인사를 날리고 교무실 문을 나섰다. 영어와 눈이 마주쳤지만 재빨리 외면했다. 오늘만큼은 시답잖은 술자리로 피곤을 키우고 싶지 않다. 엘리베이터도 기다리지 않고 계단으로 5층을 단숨에 내려왔다. 건물을 나와 마스크를 내리고 찬 바람을 맞으니 골치가 좀 날아간다. 편의점에 들러 맥주를 사고 곧바로 집으로 왔다. 느긋하게 샤워를 하고 나와 TV를 켰다. 소파에 앉아 손톱으로 긁어 맥주 캔 고리를 젖히려 할 때 전화가 울렸다. 원장이다.

하….

캔을 놓고 전화를 받았다.

예, 원… 행님.

원장이마 원장이고 행님이마 행님이지, 그기 머고.

예? 아, 퇴근했으니까 행님이지예.

일찍 퇴근했네? 오늘 보충 없었더나?

예? 하나 있었는데 애들이 넬 하자고 해서 바꿨습

니다.

실장은?

수학 쌤은 보충하고 있는 거 보고 왔습니다.

그라마, 지금 집이가?

예.

그래, 그건 그렇고, 승우야.

예, 행님.

쥐가 있다.

예?

집에 쥐가 있다.

예? 쥐가예? 집 안에예?

어.

…….

제가 가까예?

그랄래?

전화를 끊고 나니 피곤이 다시 명치로 내려온다. 한 때 이백 명이 넘는 원생들과 열일곱 명의 선생들로 학원은 복작복작했다. 코로나도 처음 몇 달간은 소문보다 크게 와닿지 않아서, 수업을 쪼개고 반을 쪼개서 그럭저럭 버텨 낼 수 있을 것 같았다. 하지만 1년이 가고

2년이 지나는 사이에 구멍 난 팬티로 방귀 새듯 원생들이 솔솔 빠져나갔다. 이제는 40명이 간당간당하다. 선생도 방귀 따라 푸쉭푸쉭 잘려 나갔다. 선생은 다섯 명으로 줄었고 그나마 과학은 파트다. 나도 원장과 동문이 아니었으면 벌써 잘려 나갔을 거다. 2학기 들어 학원 한 층은 임대 계약을 하지 않았다.

원장은 교무 회의를 하다 말고 파이팅을 외쳤다. 그간 선생들 월급 주고 임대료 내느라 아파트를 팔았다고, 아내와 딸은 처가에 가 있다고, 그러니 다시 파이팅 해 보자고 했다. 얼결에 다 같이 파이팅을 외쳤지만 원장 목소리에만 힘이 들어갔다. 영어는 다 쇼라고 했다. 신도시에 8층짜리 상가 건물이 있다는 둥, 밀양에 땅을 몇천 평 사 놓았다는 둥, 코로나 끝나면 강남 프랜차이즈로 다시 시작하려고 몸 사리는 중이라는 둥, 이 와중에 노래방 도우미하고 썸 타다가 걸려서 마누라랑 전쟁 중이라는 둥. 누구 이야기가 맞는지는 모르지만, 그런 건 나와 아무 상관없다. 상관있는 거라면 그 파이팅 덕분에 지난주에 원장이 내가 사는 원룸 건물 3층으로 이사를 왔다는 것이다.

그럼 그렇지. 내 팔자에 뭔 칼퇴고.

벗어 둔 바지를 다시 꿰어 입고 따다 만 맥주와 게 맛살을 챙겼다. 3층으로 내려가 벨을 누르려고 보니 현관문이 조금 열려 있다.

행님, 저 왔습니다.

어, 왔나.

예, 쥐가 어데 있습니까?

저 있다.

살펴보니 쥐는 싱크대 위의 쿡탑과 냄비 사이에서 까만 눈을 반짝이고 있다.

크네예.

좀 잡아 도.

예? 행님, 저는 쥐는 못 잡는데예.

까짓 눈 딱 감고 잡으면 못 잡을 것도 없지만, 앞날을 생각하면 못 잡는 캐릭터가 낫다.

그라마 왜 왔노?

그기… 행님 힘드신 것 같아서예. 제가 바퀴벌레까지는 어째어째 잡는데, 쥐는….

눈과 눈이 마주쳤다가 어색한 입꼬리와 한숨으로 미끄러졌다.

그라마 우짜지. 찍찍이 놓으까?

예? 그기 있습니까? 샀습니까?

아니, 어제 씽크대 서랍 열어 보이 있데? 전 주인이 놓고 간 거겠지.

아, 예. 그러면 놔 보까예?

그래.

…….

제가 하까예?

어. 해 봐라.

다시 눈이 마주쳤다가 떨어졌다. 서랍을 열어 보니 큰 파스같이 생긴 포장지에 쥐 눈이 X자로 그려진 찍찍이가 있다. 포장을 벗기고 게맛살을 한 조각 놓아서 씽크대 위에 놓아 두었다.

행님, 잡힐 때까지 방에 들어가서 맥주에 테레비나 보시지예?

그래, 그라자.

TV를 켜고 맥주를 따고 게맛살을 씹었다. 신경이 온통 문밖에 쏠려서 맥주 맛을 잘 느낄 수 없었다.

근데예 행님?

와?

찍찍이 있다 아입니까?

그기 와.

그게 저번 주인이 사 났던 거면, 전부터 쥐가 나왔다는 말 아입니까?

원장이 맥주를 후루룩거리다가 내려놓았다.

그렇겠네, 부동산 새끼. 그런 말도 안 해주고.

근데요, 행님. 요 3층이다 아입니까?

글치.

쥐가 3층까지 우째 올라왔을까예?

글쎄… 이삿짐에 딸려 왔든가, 고양이한테 물려 오다가 탈출해서 계단에서 방황하다가 현관문 열린 타이밍에 들어왔을 수도 있지 않을까?

설마예.

글체? 좀 억지스럽네. 그라마 하수구 파이프나 뭐 요런 거 타고 온 거 아이가? 유튜브 보이 화장실 변기 속으로 수영해가 다니는 놈도 있긴 하데?

행님, 근데 이유가 없다 아입니까? 묵을 기 있어야 올 낀데, 남자 혼자 사는 집에 뭐 묵을 기 많지도 않고요. 굳이 3층까지 하수관 타고 올라올 이유가 있을까예?

전 주인이 뭐 묵을 걸 마이 쌓아 놓고 살았다면 그

럴 수도 있지. 어쩌다 한번 왔는데 묵을 기 많으니까 그 냥 눌러앉았을 수도 있고.

그라마 전 주인 때부터 여기 살았다는 말인데… 혹 시, 새끼를 깠을 수도 있겠네예?

새끼? 설마.

행님. 처음 올라온 놈이 새끼를 밴 상태로 왔을 수 도 있고, 암놈 수놈이 첨부터 같이 왔을 수도 있잖아예.

그라마 저놈 말고 또 나올 수도 있다는 말이가?

새끼를 낳았다면 그럴 수 있겠지예.

아, 부동산 이 새끼.

원장은 다시 맥주를 후루룩거리며 TV 채널을 이리 저리 돌렸다.

근데 행님, 설마 그렇겠습니까. 어쩌다 재수 없이 들어온 놈이겠지예.

쥐도 병 옮기고 그라제?

병요?

어.

뭐 더러운 데로 다니니까 깨끗하지는 않겠지예.

그런 거 말고, 중세 시대에 흑사병 옮기고 댕긴 기 쥐다 아이가.

아 페스트예? 그건 옛날 말이지예. 이제 의학이 마이 발달했잖아예.

발달하마 머하노. 바이러스 그거도 계속 진화한다매. 코로나 봐라. 벌써 새기 몇 개나 나왔다 아이가.

그래도 코로나하고 같겠습니까? 페스트는 아마 치료 약도 나왔을걸예.

아 짱깨 새끼들! 또 열받네. 전 세계가 요 꼴인데 책임지는 놈은 하나도 없고, 그 새끼들 때문에 이기 뭔 일이고.

그래도 행님, 뭐 음모론만 짜달시리 나오지 정확한 증거는 없다 아입니까. 그라고 이제 중국 없으마 다른 나라 살기 힘들지 않겠습니까? 요새 '메이드 인 차이나' 아인 기 잘 있습니까. 그동안 가성비로 퍼 주던 거에 전 세계가 코 낀 거지예.

그래, 그거 믿고 그 새끼들도 오리발이겠지. 참 나, 이 와중에 이제 쥐새끼까지 지랄이네.

원장은 채널을 계속 돌리다가 유튜브로 넘어갔다. 리모컨 마우스를 이리저리 옮기다가 멈췄다. 〈현장 르뽀 바이러스의 사각지대〉. 이슈에 맞춰 조회 수를 겨냥한 제목이다.

제목이 딱 지금 내랑 어울리네, 맞제?

에이, 행님. 왜 그라십니까. 쥐는 잡으면 되고 코로나도 인제 끝물이다 아입니까. 금방 개안아질 겁니다.

그래, 그래야지.

원장은 다시 맥주를 후루룩 거리며 제목을 눌렀다. 광고를 건너뛰자 정장을 차려입은 작고 통통한 유튜버가 나왔다.

*

시청자 여러분 안녕하십니까. 현장 르뽀의 뽀식입니다. 오늘은 바이러스의 사각지대! 그 첫 번째 에피소드! 백신 부작용에 대해 알아보겠습니다. 시청하시기 전에 구독과 좋아요 꾹 눌러 주시면 진실을 알리는 영상 제작에 큰 힘이 됩니다.

유튜버는 시사 프로그램 아나운서 흉내를 내고 싶었나 보다. 화면이 검게 바뀌었다가 점점 밝아졌다. 밝아진 화면에는 투박한 목조 테이블을 사이에 두고 유튜버와 깡마른 남자가 마주 앉아 있다. 마주 앉은 남자는 새까맣게 그을렸고 국방 무늬 항공 점퍼를 걸쳤다.

테이블에는 먹다 남은 소주병과 정체 모를 안주가 담긴 냄비가 놓여 있다.

안녕하십니까, 선생님. 먼저, 이렇게 인터뷰에 응해주서서 감사…

유튜버가 이야기를 시작하자 닭이 울고 뒤따라서 개가 짖었다. 깡마른 남자가 갑자기 일어나 창문을 벌컥 열었다. 유튜버도 얼결에 같이 일어섰다. 갑작스러운 동작을 따라가느라 카메라 앵글이 뒤뚱거렸다.

메리야! 조용히 안 하나! 칵 마, 쌔끼가… 아이고, 내 따라 일어났소? 개안에, 앉으소 앉아. 달구 새끼가 알을 낳아가, 알 놓으마 저래 꼬꼬 해쌌거등. 쫌 시끄럽지요? 근데 메리 저놈도 따라 울어, 개고 닭이고 우리 집은 다 시끄럽다. 거참, 앉으소.

아 네. 선생님. 다시 말씀드리지만 인터뷰에 응해주서서 감사합니다.

예? 머라고? 머시 고마바? 아, 미안소. 내가 이쪽 귀가 잘 안 들리거등. 월남 가서 고참한테 귓방맹이를 잘못 맞아가. 쫌 크게 말하소.

아 그런 일이 있으셨군요. 그 고참은 처벌받았습니까?

뭐? 처벌? 처벌은 무슨, 베트콩 잡기도 바빠 죽긋는
데. 그라고 그 양반은 돌아오도 못했고. 와이고마, 팔다
리 날아간 사람들도 천진데, 요래 살아 돌아온 기 어덴
교. 맞지요?

아, 예. 선생님. 그건 참 다행입니다.

그건 그렇고, 아까 머 물어봤는교?

아, 아직 묻지는 않았고요. 선생님, 백신 부작용으
로 고생하신다고 들었습니다.

어? 선생? 선생은 무슨 선생이고. 내는 그냥 노가다
꾼이라, 그냥 백 씨라 부르소.

아, 네. 선생님. 그럼 백 선생님이라 부르겠습니다.

거참, 뭐 알아서 하소. 하기는 온 데 다 선생이다. 공
자가 캤나 맹자가 캤나, 이놈 저놈 애매하다 싶으마 다
선생이라 카기는 하데, 내도 선생 함 하지 머. 근데 머?
아, 부작용?

예.

아푸지요. 머리도 아프고. 1차 접종 맞고 한 일주일
안 누 있었는교. 열나고 온몸이 다 쑤시는 기라. 고마 딱
죽는 줄 알았지. 일주일 지나고 그래그래 열 내리고 좀
살 만하다 싶었는데 그기 다가 아인 기라. 그때부터 요

미간에서 시작되가, 거미줄매로 가늘따란 통증이 대구빡을 지나서 목뒤에, 요 두 줄 근육 있지요? 욜로 타고 등짝으로 쫙 퍼져 나가요. 심장이 요래 팔딱팔딱 뛸 때마다 자잘하게, 거 뭐라 캐야 되노… 왜, 쓰다 남은 기리빠시 전기매로, 신경이 켜질락 말락 하거든요. 그러다가 한 번씩 찍 긁고 통증이 지나가요. 이게 환장하거든. 처음에는 식구고 의사고 친구고 누구든 간에 열심히 말했지. 요서, 저서, 거미줄 같은 자잘한 통증이 이리로 찍 흘러 저쯤에서 흩어지는 느낌이라꼬. 계속 이라니 신경이 곤두서서 일상생활을 하기 힘들다꼬.

아, 그동안 정말 힘드셨겠습니다. 선생님, 근데 기리…빠이가 무슨 뜻이지요?

뭐? 기리빠시? 아, 내가 또 노가다 말로 나왔네. 기리빠시는, 저거, 거 왜 가꾸목 쓰고 짤라 내삐리는 거, 씨고 나무고 씨멘이고 쓰고 남은 찌끄래기지. 다시 쓰기 애매한 거는 모타 기리빠시라.

아 그런 뜻이었군요. 그럼, 그 기리빠시 증상에 대해서 구체적인 상담을 받거나 설명을 들어 보신 적은 있으십니까?

예? 설명? 아니, 그기 아무리 설명을 해도 들어 줄 마음이 없으면 말짱 다 헛 기라. 이제 설명 안 해. 말하면 머 해, 전달이 안 되는데. 안 그런교? 지금도 오랜만에 말하는 거네. 인제 듣는 사람들도 말하는 나도 원래 그 랬던 것처럼 됐거등. 그나마 인제 그 통증 자체에 익숙 해진 느낌이라. 시간이라는 기 그렇잖애요. 다 둔해지 뿌지. 아, 인터뷰고 머고 안 할라캤는데 작가 양반한테 말릿네. 거참.

허허, 감사합니다. 선생님. 근데 작가가 아니고 기 잡니다.

머라꼬? 작가 아니고 기자? 머라 캐쌓노. 그기 다 그 기지. 다 글 써가 묵고 사는 사람 아이요? 내 말이 맞제?

예, 맞는 말입니다. 그런데 선생님. 그 기리빠시 증 상이 백신 때문이 아닐 수도 있다는 생각도 해 보신 적 있으십니까?

예? 뭐라꼬? 아닐 수도 있다고? 아따 이 양반 참. 그 래, 내 백번 양보해서 그럴 수도 있어. 백신 주사 때문이 아닐 수도 있다 그 말이지. 의사도 그런 비슷한 분위기 로 신경 정신과를 가 보라 한 적도 있어요. 솔직히 기분 나빴지. 그래도 뭐, 의사는 지 일 한 거니까. 근데, 이기 내한테도 진짜거등. 백신 맞기 전에는 없던 기, 맞고 나서 생긴 거는 내 예민함이나 더러븐 성질, 이런 거 하고 는 상관없어. 거 머라카노, 거 팩트 아인교. 안 그런교? 뭐 거에 대해서도 이제 더 이야기하지 않지 마는도. 똑같은 결과를 계속 보다 보믄 지치거등. 오늘 진짜 오랜만에 다시 이야기하는 거다 아인교.

예, 선생님. 여러모로 참 힘드셨겠습니다. 그럼 2차 접종은 어떻게 하실 생각이신지요?

예? 머라고? 2차? 하, 거참. 지금까지 뭐 들었는교. 작가 선상 같으면 또 맞겠는교. 죽다 살아나서 지금도 요래 산 것도 아이고 죽은 것도 아인 것매로 사는데, 그 짓을 또 하겠어? 내사 코로나보다 그 백신이 더 무섭다. 죽으마 그냥 죽지 와 또 그 고생을 하겠노. 안 그런교?

예, 제 질문이 잘못된 것 같습니다. 죄송합니다. 그럼 선생님, 약주는 자주 하시는 편인가요? 지금도 드시고 계시네요.

뭐요? 술요? 허, 갑자기 훅 들어오시네. 예, 묵습니다. 술 묵으마 증상이 쫌 더 심해질 때도 있어. 그래도 묵어. 기자 양반도 입장 바까 생각해 보소. 의사는 정확한 원인은 모리겠다 하고, 주변 사람들도 '그래그래, 아이고 우짜노' 하면서 눈깔은 슬거머이 굴리쌌거덩. 주구장창 내만 괴로바. 그 상태가 계속이라. 이기 일 년 이 년 넘어가니 괜히 엄살 떠는 사람매로 돼 삐릿는 기라. 그렇다고 넘 눈치만 보고 살 수는 없잖아. 안 그런교? 내가 큰일은 몬하고 살아도, 장사로 노가다 십장으로 40년 넘게 이래저래 살아온 습(習)도 있고, 또 하고 잡은 게 있으니까네. 거 욕망인가 먼가라 카는 거 있잖아요. 그래서 머, 아파도 묵을 때는 묵습니다. 사는 기 뭐 별건교. 내 하고 싶은 거 하고, 묵고 싶은 거 잘 묵을 수 있으면 그게 다지. 안 그러요?

아, 예. 그게… 그렇죠.

거는 그기 다가 아닌갑네? 뭐 그럴 수도 있지요. 거까지는 내는 모리겠고, 말 나온 김에 한잔 안 할랑교? 카메라 선생도 한잔 하소.

허허 아닙니다, 선생님. 저희는 일하는 중이라 참겠습니다. 근데 다른 사람들이 볼 때 약주 드시는 걸 곱지 않게 보는 경우도 있을 것 같은데요?

그라이까네, 다른 사람들이 내를 엄살재이나 미친 놈 비스무리하게 보더라고. 뭐 어쩔 수 없어. 일일이 찾아 댕기미 설명할 수도 없는 노릇이고, 일단 내부터 살고 봐야지. 내 인생 내가 야리끼리 해야지. 안 그런교?

예, 그렇지요. 맞습니다. 근데 야리끼리는 정확히 무슨 뜻입니까?

예? 야리끼리? 허허, 야리끼리가 야리끼리지 머고. 거 일 다 하마 시간 관계없이 시마이 하는 거 있잖아요. 점잖게 말하면 도급이라 카등가? 머 맡은 만큼 지 알아 해가 끝만 내면 된다. 그런 뜻 아인교. 상황이 요래도 내는 내대로 살아야 안 되겠는교. 누가 대신 살아 주는 것도 아이고. 인생 다 독고다이고, 살다 보마 니 내 없이 모다 기리빠시 되거등. 우짤끼라, 내 알아 야리끼리 해야지. 요고는 확실하거등. 안 그렇소? 작가 양반? 아이다, 기자 양반.

아, 그런 뜻이었군요. 예, 선생님 말씀이 맞는 것 같습니다. 근데 독고다이는 '혼자 해야 된다' 뭐 요런 뜻이죠?

뭐? 독고다이? 아. 미안소. 내가 노가다를 하다 보이. 왜놈 말이 영 입에 붙어가. 그래, 맞아. 혼자, 그 말 맞아. 아따 기자 양반, 다 알믄서 뭐 하로 물어봐쌌노. 근데 참말로 한잔 안 할랑교?

*

문밖에서 투닥닥 소리와 찌익 찍 소리가 번갈아 났다. 묘하게 몰입도가 있는 노가다 아저씨의 열변에 빠져 있다가 정신이 번뜩 들었다. 원장이 화면을 정지하고 벌떡 일어섰다. 나도 맥주 캔을 놓고 일어섰다. 방문을 열고 나가 부엌 쪽을 보았다. 쥐의 앞다리 두 개와 머리 부분이 찍찍이에 들러붙어 반쯤 말려 있었다. 쥐는 뒷발만으로 미끄러운 부엌 바닥을 밀고 다니며 울고 있었다.

승우야.

예, 행님.

저거 치아라.

…….

승우야.

예?

못하겠나.

예.

그렇제?

예.

…….

나가까? 소주나 한잔 더 하로 가자.

예? 저래 두고예?

갔다 오면 죽어 있겠지.

예.

내 먼저 내리가 있으께. 담배 좀 챙기라.

예, 잠시만예, 잠바 좀 걸치고예.

원장은 점퍼를 걸치고 슬리퍼를 끌고 현관문을 나섰다. TV를 끄고 담배를 주섬주섬 챙겨서 따라 내려갔다. 불 꺼진 주차장에 초겨울 밤바람이 찹찹하다. 몸이 훅 움츠러들었다.

행님, 여기예.

담배에 불을 붙였다. 빨갛게 빨아들이는 담배 연기가 목과 코가 만나는 지점에서 끽 소리를 냈다. 움츠러든 목 때문인지 원장이 갑자기 기침을 했다. 몇 번 더 콜록거리다가 고개 든 모습을 보니 눈에 물이 맺혔다.

행님, 개안습니까?

어, 흠, 흠, 개안타. 이노무 후유증, 에이 담배 맛도 이상하네. 니는 머 후유증 없나?

예, 저는 무증상인데예.

그래? 다행이네. 주사는 3차까지 맞았나?

아니예, 2차까지 맞고 걸리서예.

그래, 근데 이 시간에 갈 만한 데가… 투다리 가까?

예, 거 가지예.

그래. 거 가자. 실장하고 영어도 부르까?

그래도 되지예. 근데 벌써 퇴근 안 했을까예?

그런가? 그래 시간 좀 됐네. 그냥 둘이 묵자.

예.

원장이 앞장서서 휘적휘적 걸었다.

근데 니, 요새 B반 애들하고는 게안나? 애 미기는 놈들 없나?

예, 지원이만 쫌 개기고, 딴 놈들은 고만고만합니다.

큰 애?

아니예, 작은 애예.

아 맞다. 큰 거는 나갔제?

예.

그럼 횟집 딸래미?

예.

고 가스나 참. 생긴 거는 이뿌장하게 생기가, 작년까지는 그래도 머라 하면 좀 들었는데. 그래도 저거 엄

마가 그 나라서 대학까지 나왔다대? 접때 보이 한국말
도 잘하고.

예.

그래도 여는 한국인데 어쩔 수 있나. 눈에 보이는
기 민증인데, 우짤끼고!

글치예.

삐딱선 탈 때다. 별수 없다. 니가 잘 챙기라.

예.

지원이 이야기가 나오니, 다섯 시간 전의 통화가 떠
올랐다.

*

여보세요? 쌤 저요.

저가 누구고?

아, 쌤. 저요, 지원이. 알면서.

그래, 왜.

쌤, 나 오늘 진짜 존나 황당한 일 당했거든요.

야, 존나는 좀 빼지? 접때 내랑 약속했제. 열 번 이상
하면 빽빽이 세 장이다.

아, 예. 쌤 죄송.

근데 제가 오늘 진짜 빡치는 일 당했거든요.

그래, 뭔데. 짧게 이야기해라.

제가 오늘 몇 년 만에 병원 갔거든요. 쌤, 내가 원래 병원 가기 개싫어해서 존나 개기거든요.

두 번.

아, 쌤! 어쨌든 오늘은 진짜 개아파서, 혹시 코로나면 기말고사 폭망이잖아요. 글고 코로나면 경수 그 새끼 또 난리 칠 거잖아요. 쌤 저번에 봤죠? 주현이 걸렸을 때 개인상 쓰면서 중간고사에 내신에 대학까지 못 가면 책임질 거냐고 지랄 떠는 거. 새끼, 개재수 없잖아요.

새끼는 빼고.

아, 쌤! 자꾸 말 끊지 마세요. 까먹잖아요. 어쨌든 그래서 어쩔 수 없이 병원 갔거든요. 근데 개빡치는 일 당했잖아요.

그래, 그게 뭐냐고.

쌤, 제가 피부가 좀 까맣잖아요. 솔직히 개까맣잖아요. 쌤도 봐서 알잖아요. 그쵸?

어, 근데?

근데 그게 뭐 잘못은 아니잖아요? 맞잖아요? 우리 엄마도 까맣고, 근데 그게 뭐 잘못이냐고요. 아오 생각하니 또 존나 개빡치네.

또! 또!

아, 넵. 죄송요. 어쨌든 열나고 식은땀도 나고, 진짜 개아파서 병원 갔거든요. 근데 의사가 존나 성의가 없는 거예요. 덤덤하게, 쌤 알죠? 관심 1도 없을 때 아, 네네. 이렇게 딕션 치잖아요. 코는 존나 쑤셔 놓고 덤덤하게 그냥 감기라고, 주사 맞고 약 먹고 쉬래요. 그래서 나도 관심 개없는 척하고 주사 맞으러 갔거든요. 주사실 가서 엉덩이 까고 엎드리래서 교복 까고 엎드렸거든요. 근데 간호사 년이 피식 웃어요. 아, 씨바.

존나 일곱 번, 새끼 두 번, 씨바 한 번, 년까지.

아, 넵. 쌤 죄송. 근데 쌤도 제 이야기 들으면 욕할 거예요. 나이도 나보다 몇 살밖에 안 많을 것 같던데요. 안 그래도 쪽팔리고 주사도 존나 아플 것 같고 그래서 쫄아 있는데.

야, 야. 또!

아, 넵. 하여간 그년 때문에 기분이 존나 개같았는데 웃으면서 뭐라는 줄 알아요? 와 이러는 거예요.

아가씨는 엉덩이도 까맣네?

아가씨라면서 웬 반말? 교복도 떡 입고 있는데. 대놓고 존나 무시 때리는 거잖아요. 그리고 나는 원래 까만데. 그게 뭐 잘못이에요? 그래서 존나 황당한데, 아 씨바, 졸라 멍청하게 '아, 예.'하고 또 대답은 했어요. 개 멍청하게. 아, 쪽팔려.

열한 번.

예? 아, 쌤! 어쨌든 대답하고 나니까 그때부터 존나 쪽팔리고 말도 못하겠고 그런 거예요. 엉덩이 반 까고 쪽팔리게 엎드려서. 아 지금도 생각하면 개빡쳐. 쌤 그 기분 알겠죠?

아니, 열두 번.

아, 쌤! 지금 그게 중요한 게 아니잖아요.

중요한데.

쌤! 일단 들어 봐요. 어쨌든 개쪽팔리게 엎드려 있는데 그년이 갑자기 엉덩이를 찰싹찰싹 때리더니 주사를 쿡 찌르는 거예요. 아, 씨바. 진짜 개아파서 눈물도 찔끔 나고 숨도 못 쉬고 꾹 참고 있는데.

끝났어. 여기 문질러.

인제 아주 반말을 하는 거예요. 그러고는 그냥 퇴

장. 아 개년. 궁뎅이 존나 문지르다가 주섬주섬 교복 올
리고 주사실 나오는데, 기분이 존나 찝찝한 거예요. 혹
시 나 성추행 당한 거? 인종 차별 당한 거? 맞죠? 쌤 맞
죠? 나 당한 거 맞죠? 이거 신고해야 되는 거 아녜요?

존나 열네 번. 새끼 두 번, 씨바 두 번, 년 네 번, 개 여
러 번.

아, 쌤!

그래서 뭐, 학원 못 온다고?

헤헤, 넹.

엄마한테 전화 온 거 없는데?

엄마는 나중에 처방전 보여 주면 돼요. 쌤한테도 처
방전 찍어서 톡으로 보낼게요.

그래, 날짜 잘 나오게 찍어 보내고, 한 시간 내에 엄
마 전화 없으면 무단결석이다.

아, 쌤! 그건 아니죠. 진짜 개열나고 아프거든요.
그리고 지금 저녁 타임이라 엄마 회 썬다고 정신도
없어요.

그래, 한 시간이다.

아, 쌤.

그래, 한 시간.

아, 쌤. 진짜라니까요? 쌤은 왜 사람 말을 안 믿어요? 존나 아프다고요.

그래, 내가 원래 믿음이 없는 편이긴 하지. 열다섯 번. 열 번 아까 넘은 거 알제? 한 시간 안에 엄마 전화, 그리고 열 번 넘었으니 내일까지 빽빽이 세 장 해 와라. 안 그러면 아빠한테 연락한다.

아, 쌤!

그래 이제 끊자.

아, 쌤! 존나, 아 몰라. 학원 바꾸면 되지, 뭐. 쌤 맘대로 하세요.

*

이번 기말 때, B반 성적 쫌 올리야 된데이.

원장이 어깨를 잔뜩 움츠리고 종종걸음을 치며 이야기했다.

안 그라마 이번에는 몇 명 빠질 끼야. 학년 올라갈 때 학부모들 괜히 불안해가 학원 한 번씩 옮기는 거 알제? 남은 아도 별로 없는데, 알겠제?

예, 원장님.

갑자기 뭔 원장이고, 그냥 얼라들 쪼매 쪼아라.

예, 원… 행님.

빨리 걸어라. 춥다.

예.

원장이 슬리퍼를 방정맞게 끌며 속도를 냈다.

근데예, 행님?

와.

쥐는 우짜실라고예.

글쎄, 우짜지?

제 친구 중에 촌놈이 하나 있거든예. 글마는 이런 거 일도 아닐 건데예. 함 불러 보까예.

되따 마. 머 그런 일로 친구를 부르노.

글치예? 쫌 그렇기는 하지예?

근데 어데 사는데?

누구예? 제 친구예?

어.

수정동예.

그라마 차도 두 번 갈아타야 된다 아이가.

예, 근데 글마 지 차 있습니다.

그래? 그래도 얼굴 한 번 보도 안 했는데, 이런 일로 부르기는 그렇다 아이가.

그건 글치예.

에이 춥다. 일단 한잔 묵자. 빨리 걸어라.

예, 행님.

안녕 미미시스터즈

*

여기야.

자동문이 스르륵 미끄러지고 익숙한 얼굴이 카페로 들어왔다. 번쩍 든 내 손을 보고 깐따가 웃었다. 7년 만에 보는 깐따는 통통했던 볼살이 빠지고 얼굴이 길어졌다. 부스스했던 곱슬머리는 단정한 숏컷으로 변했다. 어째, 조금 섭섭하다. 민소매 아래 까무잡잡하게 드러난 피부는 여전히 건강해 보인다. 앞에 앉은 깐따를 따라 8월의 달아오른 아스팔트 냄새가 슬쩍 따라왔다.

밖에 많이 덥지?

여름이 그렇지. 야, 넌 그대로다.

뭐래? 넌 너무 예뻐졌는데?

오–사회성.

아이스아메리카노를 주문하고 잡다한 안부가 지나갔다.

부모님은? 아직 외국에 계셔?

아니. 이제 외국 지겹다고, 작년에 아빠 조기 퇴직하고 고향에 귀촌. 어제까지 있다가 왔는데, 트럭도 사고, 이 더운데 비닐하우스 짓는다고 난리 블루스야. 몇 년 있다가 이장도 할 거래.

아주 바람직한 부모님이구먼. 그래, 네가 예전부터 부모 복이 좀 있었지.

그런가? 하긴 우리 아빠나 장 여사가 좀 글로벌 마인드긴 하지. 넌 어떻게 지내? 저번에 그 일 아직 해?

아니, 얼마 전에 때려쳤어. 인턴이라고 쥐잡듯이 일을 시켜서. 지금은 아빠 가게 도우면서 취준생.

그래, 그렇군. 그럼 오늘은 내가 산다.

오–직장인. 나야 땡큐지. 근데 넌 거기 어디 연구소 있다고 안 했어?

어, 맞아. 오클랜드대학 연구소. 나도 직장이라고 하기는 좀 그래. 연구원. 박사 과정 하면서.

오–박사. 뉴질랜드 박사, 좀 하는데?

야, 이제 3학기째야. 그냥 조교 비슷한 거야.

그 뭐, 전공? 연구하는 게 뭐야?

'질랜디아'라고 바다에 잠겨 있는 뉴질랜드 아래 대륙, 뭐 그런 거야.

흠, 뭔가 심오하게 모르겠군.

그래, 맞아. 심오하게 잘 몰라서, 그래서 연구하는 거야.

오–역시 박사.

깐따가 화장실에 다녀오고 이야기의 공백이 찾아왔다. 깐따가 무언가를 끄집어낼 것이다. 어려서도 그랬으니까.

저기…….

역시 뭔가 나온다.

솔미 기억해?

깐따가 빨대로 커피 속의 얼음을 휘저으며 말했다. 갑자기 솔미가 내 간격 속으로 쑥 들어왔다. 7년의 시간을 단숨에 뛰어넘어, 1,500℃의 마그마가 2,900km 두께의 맨틀을 뚫고 나오듯이, 미미시스터즈가 다시 내 앞으로 소환됐다.

박미미. 장 여사가 '미' 음을 좋아해서 내 이름은 그리되었다. 여러 나라를 떠도는 아버지의 직업 탓에 리비아의 벵가지에서 태어났다. 지중해의 푸른 바다와 작열하는 태양, 사하라 사막의 살인적 열기와 모래 폭풍은 전혀 기억나지 않는다. 세 살 때부터는 브라질에 2년, 다섯 살부터는 싱가포르에 2년을 살았다. 뽀빠이를 좋아해서 뜬금없이 올리브의 대사를 읊어 대곤 했다. 장 여사 말로는, 두 발로 서면서부터 TV 화면에 기대어 서서 "Oh My God! Help Me, Popeye!"를 외쳤다고 한다. 그 탓인지, 장 여사는 너무 어린 나이에 외국을 떠돌며 자라는 외동딸의 정체성 형성을 걱정했다. 고민 끝에 장 여사는 초등학교부터는 딸과 함께 고국에 머물기로 했다.

8살에 귀국한 나는, 영어를 조금 할 수 있고, 코피가 자주 나고, 가끔 빈혈로 "Oh My God!"을 외치며 쓰러지는 아이였다. 초등학교에 입학하자, 장 여사는 한국이 더 낯선 외동딸이 왕따라도 당하지 않을까 염려했다. 결국, 치맛바람을 휘날리기로 마음먹었다. 나서는 걸 싫어했지만 일단 마음먹으면 실행력이 우사인 볼트급인 장 여사는, 그때부터 학교를 들락거렸다. 학기 초에는 하얀 봉투를 들고, 소풍 때는 3단 도시락을 들고, 운동회 때는 반 전체에 햄버거를 돌렸다.

그리고 박솔미. 솔미는 왜 솔미가 되었는지 모르지만, 초등학교 2학년 때 같은 반이 된 이후로 우리는 자주 같이 묶였다. 같은 성에 비슷한 이름 때문에 세트로 묶이기가 십상이었다. 땀에 전 붉은 악마 티셔츠를 입고 '오–필승 코리아!'를 외치던 여름이 지나고 3학년이 되었을 때, '버블시스터즈'라는 여성 4인조 그룹이 나왔다. '예쁜 것들은 다 죽었어'라며, 비주얼 가수들을 돌려 까고 가창력을 과시했다. 얼결에, 비주얼도 가창력도 없는 우리도 덩달아 미미시스터즈로 불리기 시작했다. 가끔은 ‘미파솔’로 불리기도 했고, ‘콩나물 대가리들’을 줄여서 ‘콩나물즈’로 불리기도 했다. 그러다 마지막에는 미미시스터즈로 굳어졌다. 그러는 동안 우리 둘 사이에 딱히 나쁜 감정이 생기지는 않았다. 그래도 놀림감이 되는 게 피곤해서 서로에게 데면데면 했더니 그게 버릇으로 굳어져 일정한 거리가 생겼다.

시간이 지나면서, 나는 장 여사의 치마폭 덕에 좀 엉뚱하고 허약해도 교실에서 존재감 있는 대한민국 초딩으로 자랄 수 있었다. 반면, 원래 조용했던 솔미는 미미시스터즈가 되면서 더 조용해졌다. 젤리와 과자를 달고 살아 점점 몸집이 불었다. 혼자 노트에 무언가를 그리거나 끄적이고 있을 때가 많았다. 가끔 아이들에게 놀림거리가 되기도 했다. 자리에 앉다가 치마의 지퍼가 터졌을 때가 그랬고, 체육 시간에 철봉에 매달리지 못했을 때도 그랬다.

나도 철봉에 매달리지 못했지만, 놀림의 색깔은 달랐다. 빈혈로 기절을 해서 양호실에서 깨어나면, “Oh My God!”을 외치며 내 흉내를 내는 아이들도 있었지만, 별 반응을 일으키지는 않았다. 그런 일이 반복되면서 솔미는 점점 더 조용하고 뚱뚱한 솔미가 되어 갔다.

그 후로도 미미시스터즈는 종종 청소나 숙제 그룹으로 묶이곤 했다. 중학교 때는 다른 학교로 갈렸다가 고등학교에서 다시 솔미를 만났다. 반은 달랐지만 출석을 부르다가 자매냐고 묻는 선생님도 있었다. 덕분에 학교에 가면 솔미를 감지하는 안테나가 움찔거리며 곤두설 때가 많았다. 복도나 등하굣길에 마주치거나, 교내 사건에 솔미의 이름이 묻어 나올 때도, 나는 과거의 굳어진 거리를 발동시켰다.

박솔미?

응.

알지. 나 한때 개랑 씨스털스였잖아.

오– 발음, 오– 유학파.

근데 솔미는 왜?

너 기억 안 나?

무슨?

고3 때 담임이 아무 말도 안 했어?

담임? 고3 때? 야 벌써 7년도 넘었는데, 유학 가고는 연락한 적 없어.

그럼 자영 씨는?

너희 담임?

그래, 봉투 이자영.

아니, 아무 말도 못 들었는데? 왜?

깐따는 빨대를 물었다 놨다.

이 이야기를 해도 되는지 나도 모르겠다. 다 지난 일이기도 하고, 넌 기억에도 없는 것 같고. 나는 그 후에 너희 담임이나 자영 씨가 너한테 어떤 식으로든 이야 기했을 거라고 생각했거든. 역시 봉자영, 봉투만 처먹 을 줄 알았지. 쯧.

야, 깐따. 뭔 말이야?

이눔아, 아직도 깐따냐? 내 나이가 스물여섯이다.

아, 미안, 버릇돼서. 그래, 정현아. 뭔 말이냐고.

솔미 말이야.

그래 솔미가 왜?

너 진짜 기억 안 나? 3학년 여름 방학 전날, 체육 시간.

응? 체육복 갈아입다가 쓰러졌지, 아마? 빈혈로, 나 가끔 그랬잖아. 그게 왜?

고3 여름 방학 하루 전날,

나는 또 기절했다. 간간이 있는 일이라 별 심각한 일도 아니었지만, 이번에는 좀 달랐다. 번잡한 소리에 눈을 뜨니 소독약과 뭔가가 섞인 냄새가 났다. 칸막이 커튼이 처져 있다. 팔에 링거도 꽂혀 있다. 어수선하게 시끄러운 거로 봐서 병원이다. 또 기절했나 보다. 기절하면서 어디를 부딪쳤나? 왜 양호실이 아니라 병원까지 왔지? 천장 조명에 눈이 부셔 눈을 다시 감았다. 주번이 칠판에 쓴 '체육! 운동장!'이 떠오른다. 순간, 허전해서 가슴을 더듬어 보니 브래지어가 없다. 옷도 병원복으로 바뀌어 있다. 바지춤을 들춰 보니 팬티도 바뀌어 있다.

Oh My God!

튀어나온 소리에 장 여사가 커튼을 걷고 들어왔다.

엄마, 내 옷 왜 이래?

뭐가? 이년아, 지금 옷이 문제야? 나 간 떨어지는 줄 알았어. 너 또 기절했어. 기억 안 나?

체육 시간에… 옷 갈아입고 있었던 것 같은데?

다른 기억은 안 나?

무슨?

아, 아냐.

근데 옷이 왜 이렇냐고!

아, 옷? 그거 내가 갈아입혔어.

팬티도?

어? 응.

왜? 엄마가 내 팬티를 왜 갈아입히는데?

그건….

뭐, 뭔데? 혹시… Oh My God!

그래, 이년아. 너 오줌 쌌어.

뭐? 교실에서?

어? 응. 그랬나 봐.

애들 다 봤겠네?

그…랬겠지? 옷은 병원에서 내가 갈아입혔어.

아 씨, 쪽팔려. 나 학교 안 가.

야, 아프면 그럴 수도 있지. 뭘 그런 걸 신경 써.

뭐가 그럴 수 있어? 엄마 같으면 괜찮겠어?

뭐 일부러 그런 것도 아니고, 애들도 이해하겠지. 근데 너 진짜 다른 기억은 안 나?

아 씨, 오줌 싼 것도 기억 안 나는데 뭐가 더 나. 아, 몰라몰라. 나 학교 안 가. 전학, 아니 유학 보내 줘.

갑자기 뭔 소리야? 이게 틈만 나면 유학 타령이야.

엄마, 오줌 싼 학교를 어떻게 가.

알았어, 알았어. 힘도 없는 년이 웬 생떼야. 그 이야기는 나중에 하고, 일단 쉬어.

아 씨, 정말 쪽팔려서.

오랜만에 병원 온 김에 빈혈 검사 다시 받아 보자. 근데, 정말 다른 건 생각나는 거 없어?

아, 뭐? 또 뭐가 더 있어야 되는데?

아냐, 아냐. 일단 쉬어. 좀 자.

이런저런 검사를 했다. 수혈을 두 번 받고 자다 깨다를 반복했다. 입안에서 쇠 냄새가 나다가 몸에 힘이 돌아왔다. 사흘 만에 약을 한 보따리 타서 퇴원했다. 집

에 오니 장 여사가 뉴질랜드로 어학연수를 가라고 했
다. 그렇게 졸라도 안 보내 주더니, 투정 한 번 부렸다고
덜컥 가라니.

갑자기?
이년아, 쪽팔린다며! 아빠가 거기 몇 년 더 있어야
한다니까, 있는 동안 거기서 공부해. 고등학교 한 학기
밖에 안 남았잖아. 현장 학습 처리하고 병결 처리하면
출석 일수는 간당간당해도 졸업장은 나온대. 졸업하
고 대학은 네 맘대로 해.
그건 또 언제 알아보셨대? 왜 이리 적극적이야? 오
줌 싼 건 난데, 좀 수상한데? 딸이 부끄러워?
그래, 이년아. 부끄럽다. 왜? 가기 싫어? 싫음 말고.
아니 가는데, 그래도 좀 심하네, 엄만데.
보내 달라고 징징댈 때는 언제고, 없는 돈 빚내서
보내 준대도 난리야.
알았어, 알았어. 감사합니다, 장 여사님.
아, 시끄러. 비자 나오는 대로 바로 가.
바로? 그게 언젠데?
다음 주.

다음 주? 엄마는?

나는 집 나가야 가지. 전세 내놨어. 먼저 가 있어. 아빠가 마중 나올 거야.

애도 아니고 마중은 무슨.

이년아, 너 애 맞거든. 어이구 몰라, 너 혼자 알아서 가든가.

아하, 다음 주라….

뭔가 찝찝했지만 한국 입시를 벗어날 좋은 기회였다. 깊이 생각하지 말기로 했다. 오줌 싼 덕이기도 하지만, 일단 가고 보자. 인사할 만한 친구는 깐따밖에 생각나지 않았다. 만나면 오줌 이야기가 나올 것 같아 전화로 사정을 말했다.

그렇게 됐어.

도깨비도 아니고, 갑자기 뭔 일이래? 근데 너 정말 괜찮아?

괜찮다는데 왜 계속?

아냐, 아냐. 근데, 그날 기억은 나?

오줌 이야기는 절대 기억나지 않기로 마음먹었다. 실제로 기억도 나지 않으니 거짓말은 아니다.

무슨? 체육복 입다가 쓰러졌잖아. 나 가끔 그랬잖아. 뭐 별일이라고.

아, 그래, 그렇지. 알았어. 잘 다녀와. 좋겠다 이뿐, 유학도 가고. 자주 연락해.

일주일 후에 비행기를 탔다. 자리에 앉아 기내식으로 나온 빵을 수프에 찍으며 생각해 보니, 미미시스터즈도 자연스럽게 해체되었다. 앞으로 안테나를 곤두세울 필요가 없다. 앞으로 인생에서 솔미를 마주치는 것조차 쉬운 일이 아닐 것이다. 왠지 찝찝한 느낌이 들었지만, 시원한 기분도 들었다. 난 시속 800km로 날아가는 비행기에 앉아 적당히 부른 배를 만지다가, 지린내 나는 오줌도, 미미시스터즈도 쿨하게 날려 버리고 잠들었다.

너, 진짜 그날 기억이 없구나?
뭔 소리야. 뭔 기억?

난 지금까지 긴가민가했는데, 어쨌든 너 그길로 학
교 안 나왔잖아.

그랬지. 사실 빈혈이라 수혈받고 며칠 있다 괜찮아
졌어. 근데 우리 장 여사가 갑자기 어학 가라잖아. 그때
아버지가 뉴질랜드에 있었거든. 그전부터 한국 고3 하
기 싫어서 유학 보내 달라고 졸랐는데 한국에서 고등
학교까지는 졸업해야 한다고 콧방귀도 안 뀌더니, 갑
자기 가래? 그래서 냉큼 물었지.

그래, 그건 나도 알지. 근데, 그날 일 진짜 기억
안 나?

뭔 소리야. 아까부터.

안 나는구나, 진짜.

아, 그니까 뭐냐고?

에이, 몰라. 몰라. 네 잘못은 없지만… 알게 되면 충
격받을 수도 있어.

왜? 뭔데? 야, 내 나이가 몇인데 옛날이야기로 충격
을 받냐. 내 나이가 스물여섯이다. 아마 너랑 동갑일걸?

그럼 이야기한다? 네가 하라고 했다? 진짜?

그래, 해 봐.

알았어. 솔미, 박솔미 걔. 자살했잖아.

뭐?

그 사건 있었잖아. 멜로디언 사건.

'멜로디언 사건'이라는 두 단어가 깐따의 입에서 나와 귀로 옮겨 오는 동안 카페 안의 공기가 돌변했다. 서늘하고 휘청거리는 공간 속에 이질적으로 튀어나온 커피잔이 후두둑 기울어졌다.

어머, 미미야, 왜 그래? 괜찮아?

기울어지는 커피잔을 테이블 위에 놓고 흐트러진 초점을 바로잡으려고 애썼다.

어라? 왜 이러지? 이상하네?
거봐, 내가 괜히 이야기를 꺼냈나 보다. 야, 미안.
아냐. 괜찮아. 근데 왜 이러지? 요즘 빈혈도 없는데….

이지러진 카페 조명 위로 커튼 같은 어둠이 내려왔다. 맘속으로 "Oh My God! Help Me, Popeye!"를 외쳐도 소용없었다. 더 짙은 어둠이 내려와 시야가 천천히 가려졌다. 어둠 속 먼 곳에서 자잘한 주파수의 소리가 들리기 시작했다. 소리는 점점 커지면서 알고 있는 형태의 소리로 자라났다. 그 소리와 함께 후텁지근한 온도가 어둠 속에 그득그득 차올랐다.

맴 맴 맴 ─ 쓰롸 쓰롸, 쏴 ─

늘어져 엎드린 귓속으로 매미가 삼중창으로 울어댄다. 아침부터 후텁지근하더니 2교시가 끝나니 30도를 넘었다. 이틀 만에 돌아온 교실 속은 마흔한 개의 몸뚱이가 뿜어내는 열기와 쉰내로 가득하다. 3교시에는 에어컨을 틀어 주려나. 내일이면 방학이지만 기대도 없다. 어차피 내내 보충 수업이다. 한 일주일 놀려 주려나. 짠돌이 장 여사는 어학도 보내 주지 않고. 에이, 기대를 말아야지. 3교시 체육은 보나 마나 자습일 테니, 잠이나 더 자자.

야, 박미미.

깐따 목소리다.

누구?
나다, 이년아. 작년 네 짝지.
아, 네.
너 아직 모르지?
뭘?
너 아프다고 며칠 학교 쨌잖아.

고개를 들어 보니 뭉실뭉실한 곱슬머리가 부옇게
보인다.

아, 네. 3반 반장님. 그래서 뭐냐고요.
우리 반 젤리녀, 너 시스터.
누구? 박솔미? 야, 아니라고. 이제 그만 좀 엮으라고.
안 그래도 더워서 짜증 만땅인데.
야, 암튼, 걔 자살 시도했잖아.

Oh My God! 순식간에 열기가 사그라들었다. 서둘
러 안경을 찾아 썼다. 까무잡잡한 깐따가 눈알을 동그

랗게 뜨고 쳐다보고 있다.

뭔 소리야?
저번에, 그 왜 우리 반 멜로디언 사건 있었잖아.

며칠 전 3반에서 멜로디언 도난 사건이 났을 때 솔
미 이름이 슥 흘러나왔다. 나는 익숙하게 상관없는 일
이라고 무심한 거리를 만들어 흘려 버렸다.

그게 왜?
울 담임 지금 없잖아. 출산 휴가.
그렇지.
근데 자영 씨가 우리 반 부담임이잖아.
봉자영?
그래, 이논아.
작년에 봉투 사건 때문에 담임 못 한다며.
맞아, 교장이 그것 때문에 담임도 안 시켰다는데,
얼결에 또 담임 된 거지. 하여튼, 덕분에 자영 씨가 또
나섰지. 애들 눈 감기고 양심 불량이네 뭐네 자수하라
고 분위기만 싸하게 만들고, 결국, 도둑은 잡지도 못했

잖아. 우리 봉투 이자영 씨께서 자기 입으로 양심 불량이라니, 참 어이가 없어서.

근데?

아 근데, 그렇게 대충 넘어가는가 싶었는데, 누가 솔미 찍었잖아. 보나 마나 은실이파지. 은실이 고년은 그만하면 얼굴 예쁘지, 키도 크지, 공부는 뭐… 하여튼, 지가 뭐가 아쉬워서 그 지랄을 떨고 다니는지 알 수가 없단 말이지. 어쨌든, 순식간에 소문 쫙, 솔미는 졸지에 도둑년 된 거지. 근데 걔 진짜 아니었나 봐. 수면제 먹었어. 점심시간부터 엎드려 자던 애가 5교시 시작해도 안 일어나는 거야. 그래서 억지로 깨웠는데도 안 일어나. 그때부터 119 출동하고 난리 났잖아.

그래서, 솔미는?

살았어. 다음 날 바로 학교도 왔어. 우리 반 분위기 싸하고. 우리 눈치 없는 자영 씨는 다음 날 멜로디언 하나 떡 사 와서, 담임 책임도 있으니 자기가 책임진다고 사바사바하고 대충 끝냈어. 그렇게 끝내면 솔미가 뭐가 되냐, 안 그래? 근데 웃긴 건 은실이 고년이 뭐라고 다니는 줄 아냐?

뭐라는데?

다 쇼래, 솔미가 수면제를 안 죽을 만큼만 먹었다 이거지. 진짜 미친년 아니냐?

설마, 뭐 하러 그렇게까지 해?

그렇지? 근데, 은실이년이 중학교 때도 솔미 괴롭혔대.

진짜?

너 노스 알지?

노스페이스? 패딩?

그래, 우리 중딩 때, 그거 개유행했잖아. 노스 안 입으면 학교 가기 쪽팔리고 막 그랬잖아. 그래서 짝퉁도 많이 입고, 솔직히 반에서 서너 명은 짝퉁이었잖아.

그래, 그랬지.

그때도 은실이년이 솔미한테 지랄을 떨었나 봐. 다른 짝퉁도 많은데 유독 솔미한테만 지랄을 떨었대. 근데 고등학교 와서 아직도 저러나 보네.

미친년이네.

그래, 개년이야. 이름은 촌년인데, 그치?

그렇네, 촌뻴이네. 근데 3반 반장께서 이리 천박하게 비속어를 남용하셔도 됩니까?

지랄, 그러고 보니 미미 네 이름도 좀….

그건 우리 장 여사의 음악 사랑 때문이지. 아, 음악 사랑 존나 싫어.

지랄, 근데, 솔미 개 분위기가 좀 침침하기는 하잖아? 맨날 곰돌이 젤리만 씹고. 가방에 젤리가 가득 찼다는 소문도 있어. 은실이파가 지랄 떨기 딱 좋지. 가끔 혼자 중얼대기도 하고.

뭐라고?

나도 모르지.

아, 우리 깐따께서 모르는 것도 있네요?

아직 많이 부족하지.

깐따가 까불며 머리를 주억거리고 있는 사이에 주번이 나와서 칠판에 적었다. '체육! 운동장!'

갑자기? 왜?

주번은 어깨를 으쓱하고 사물함으로 가서 체육복을 꺼냈다.

아침 전체 조회 때, 교장이 비타민D 부족이 어쩌고

저쩌고 구시렁거린 것의 나비 효과라고 본다.

깐따가 말했다.

아, 나비 싫어. 나비 효과 존나 싫어.
옷이나 갈아입어, 이쁜아. 나 간다.

운동장에 나가니 주번이 체육 창고에서 뜀틀을 꺼
내고 있었다. 일 년 내내 눈 밑이 거뭇한 뽕쟁이 체육이
아이들 줄 세우느라 호루라기를 불어 댔다. 일단 운동
장을 세 바퀴 돈다기에 손을 번쩍 들고 옆으로 빠졌다.
뽕쟁이 따라 운동장 돌기도 싫고, 바보같이 경중거리
며 뜀틀을 넘기도 싫어서, 스탠드에 앉아 있을 수 있는
생리파가 되었다. 아이들은 먼지를 날리며 뛰어갔다.
교장 말 한마디에 이 더운 날 운동장을 뛰다니, 시끄러
운 매미 소리 따라 왕왕 짜증이 일어났다.
　짜증을 식히려 운동장 끝 수돗가로 갔다. 물을 틀고
요렇게 저렇게 튀기며 괜히 노닥거리고 있을 때, ‘픽’
소리가 났다. 이어 가볍게 먼지 냄새가 났다. 돌아보니
화단 앞에 옆으로 비틀어 누운 무언가가 있었다. 가까

이 가보니 흐트러진 교복 위에 노란색 명찰이 보였다. 박솔미. 솔미는 솔미라기보다 떨어뜨린 수박 같았다. 교복 아래로 검은 물감 같은 게 번져 가고, 정강이를 뚫고 무언가 튀어나와 있었다. 햇빛에 하얗게 반사되는 무언가는 너무 하얗고 반짝이기까지 했다. 그게 뼈라는 생각이 들자 다리에 힘이 풀려 주저앉았다. 그래도 그 반짝이는 낯섦에서 눈을 뗄 수 없었다.

솔미가 또 죽었다. 이번에는 확실한 방법을 선택했다. 솔미의 교복 블라우스는 점점이 붉어지고 시멘트 바닥의 얕은 골을 따라 검붉은 물감이 흘러왔다. 주저앉아 얼어붙은 나에게까지 흘러와 마침내 내 엉덩이를 적시기 시작했다. 미지근한 온도를 타고 무겁고 깊은 무언가가 옮아 오고 있었다. 내 피와 솔미의 피가 만난다고 생각됐다. 나는 가짜 생리파인데, 그래도 그렇게 생각됐다. 그렇게 만나 어딘지 모를 깊은 곳으로 흘러내리고 있다고 생각할 때, 아이들의 비명이 들렸다. 뽕쟁이 체육이 호루라기를 불며 뭐라 뭐라 소리를 지르고, 나는 더 깊은 곳으로 흘러내리다가 온통 어두워졌다.

눈을 뜨니,

곧바로 내리쬐는 조명에 눈이 아프다. 소독약 냄새와 어수선한 소음으로 보아 병원이다. 팔에는 링거가 꽂혀 있고 침대 옆에 얼굴이 길어져서 낯선 간따가 앉아 있다. 고개를 살짝 들어 보니 옷은 그대로다. 다행히 이번에는 오줌은 싸지 않았나 보다. 아니, 그게 아닌가? 캄캄한 눈꺼풀 너머에서 정강이를 뚫고 나와 반짝이던 뼈와, 노랗게 빛나는 명찰과 하얀 블라우스를 점점이 적셔 가는 붉은 반점들, 검붉은 마그마처럼 흘러내려 내 엉덩이를 적시던 온도가 떠올랐다. '이런, 장 여사. 오줌이 아니었잖아.'

미미야, 괜찮아? 정신 들어? 선생님, 얘 깨어났어요. 선생님?
야!
어?
나 괜찮아. 좀 조용히 해. 쪽팔려.
응? 알았어. 쪽팔린 것 보니 괜찮네, 이눈.

의사가 와서 눈을 뒤집어 보고 간호사가 혈압을 다
시 쟀다.

원래 빈혈도 있으셨다고도 하고, 별 큰 문제는 아닌
것 같습니다. 현재 드시는 약 있으시죠?
아, 예.
그럼 그거 잘 챙겨 드시면 될 것 같고요, 오늘은 단
순 피로와 스트레스 같습니다. 링거 맞고 좀 쉬면 괜찮
을 겁니다.
네, 감사합니다.

의사가 옆 침대로 옮겨 갔다.

미안해. 내가 괜히 옛날 일 들춰서.
아냐, 괜찮아.
하여튼, 난 요 입이 방정이야. 생각 없이 나불대다
가 맨날 사고를 쳐.
네 잘못 아냐. 우리 장 여사 잘못이고 내 잘못이지.
뭔 소리야 갑자기?
깐따야, 아니 정현아.

응?

기억났어.

……그랬구나.

나라는 인간 참, 어떻게 그렇게 까맣게 잊고 있었지? 그냥 지워 버린 거네. 실제로 이런 일이 있구나. 신기하네. 그나저나 우리 장 여사도 참.

야, 네 엄마는 그럴 수 있지. 하나밖에 없는 딸인데.

그래, 그럴 수 있지. 근데 깐따, 아니 정현아.

왜?

그 뒤에 어떻게 됐어?

뭐, 너 기절하고?

응.

야, 다 지난 일인데, 몰라도 돼.

이제 기억도 다 났는데, 그리고 내가 괜찮다는데 뭐가 문제야. 기왕 이렇게 된 거 다 말해 줘.

그래도, 너 또 기절하면 나 천벌 받을 것 같단 말이야.

괜찮아. 아까는 갑자기 난 기억 때문에 쇼크 상태였던 거고, 이제 내 기억도 아니잖아. 기절 안 해. 모르고 찝찝하게 사는 것보다 듣고 해소하는 게 나아.

아 이쁜 박사는 박사네. 쓰는 단어가 아주 고급져. 진짜 괜찮겠어?

그래, 괜찮아.

에이, 몰라몰라. 그럼 진짜 한다?

그래.

너 기절하고, 애들이 우루루 수돗가로 몰려갔어. 몇 명은 비명 지르고 뽕쟁이는 애들 교실로 들어가라고 소리치고, 뽕쟁이 체육 기억나?

응.

그래, 하여튼, 체육이 호루라기 삑삑 불면서 계속 소리치는 바람에 전교생이 창문으로 얼굴 다 내밀고 구경했어. 뽕쟁이가 그것 보고 또 얼굴 집어넣으라고 소리치고. 근데 애들이 말을 듣냐고. 어떤 애는 울고, 엄마 찾고. 뽕쟁이가 이리저리 허둥대다가 급한 대로 자기 체육복 점퍼를 벗어서 솔미 얼굴에 덮었어. 근데 얼굴을 덮고 나니까 더 끔찍한 모양새가 된 거야. 흘러내린 피에 부러진 다리도 그렇고. 애들이 또 소리 지르고. 그래서 뽕쟁이가 무언가 더 덮을 걸 찾으러 체육 창고로 달려가고, 그새 교감하고 학주가 뛰어나왔는데, 막상 둘 다 솔미한테는 다가갈 엄두도 못 내고, 얼결에 쓰러져 있는 미미 너한테만 매달려서 허둥대다가 교감이 넘어졌어. 하필 넘어진 데가 피가 고인 곳이라, 교감이 또 비명 지르고. 우루루 선생들이 몰려나오고, 난리도 아니었지. 그새 다시 돌아온 뽕쟁이가 체육실에서 들고 온 현수막으로 솔미를 덮었어. '제57회 개교 기념 체육 대회' 현수막이 점점 붉게 변하는 걸 전교생이 다 보고 있었지. 완전 비현실적인 느낌이었어. 조금 있다가 구급차랑 경찰차 오고.

그래도 다음 날 종업식하고 방학했어. 근데 자영 씨가 나 불러서 당분간 너한테 연락하지 말라는 거야. 혹시 연락 와도 솔미 이야기는 모른 척하라고. 너희 반 애들도 담임한테 똑같은 말 들었다고 하고. 그래서 네가 충격받아서 그러나 보다 했지. 근데 며칠 있다가 네가 유학 간다고 하니까 깜짝 놀랐지.

그랬구나.

며칠 있다가 여름 방학 보충 수업 첫날, 오전 수업 마치고 우리 반은 솔미 장례식장에 갔어. 자영 씨하고 학주가 인솔해서 갔는데, 솔미는 빈소도 조용하더라. 식구는 할머니밖에 없고. 근데 그 할머니도 좀 이상했어. 상복에 챙이 넓은 흰 모자를 쓰고 있더라고. 아무튼,

열아홉인 내가 봐도 좀 쓸쓸했어. 자영 씨가 우리보고 열 명씩 들어가서 절하라고 했어. 근데 애들이 그런 걸 해 봤어야 알지. 다 쭈뼛대고 있었지. 그 와중에 교회 다녀서 절 안 한다는 애들도 있고. 참 우리 자영 씨, 지금 생각해도 어찌 그리 어설픈지. 허둥지둥하는데, 지켜보던 학주가 나서서 정리했잖아.

다 같이 묵념하자. 뒤에 애들도 안으로 들어와.

빈소가 좁아서 몇 명은 신발장 근처에 서서 학주가 시키는 대로 묵념했어. 아이들 몇 명은 울고, 대부분은 어색해하다가 집으로 돌아왔지.

다음 날부터 며칠 동안 경찰들이 들락거리면서 애들한테 이것저것 캐묻다가, 학폭위 열리고, 은실이랑 딴 애 몇 명 전학 갔어. 너도 그때쯤 유학 가고.

그렇구나.

교실에서 솔미 책상도 뺐어. 근데 애들이 솔미 있던 자리에 아무도 안 앉으려고 해서 그 자리는 맨날 비어 있었어. 그러고는 금방 조용해지더라. 원래대로 돌아 갔지. 보충 수업, 자습, 보충 수업. 자습.

깐따가 말을 멈추고 한숨을 푹 쉬었다.

왜? 힘들어?

아냐. 좀 숨차네. 근데 너 진짜 괜찮아?

응 괜찮다니깐, 진짜.

알았어. 계속한다?

그래.

보충 수업 시작하고 한 일주일 동안은 조용했어. 근데, 얼마 안 있어 이상한 일이 일어났어.

무슨 일?

5교시, 자영 씨 수업이었어. 그날도 아침부터 푹푹 찌는 날이었는데, 점심시간 뒤라 에어컨 바람 타고 반 전체에 식곤증이 솔솔 퍼지고 있었거든. 근데 갑자기 누가 비명을 꽥 지르는 거야. 반 전체가 소리 나는 데를 쳐다봤지. 보니까 명진이가 새파랗게 질려 있는 거야. 우리 반 부반장 명진이, 기억나?

아니.

그래. 어쨌든, 자영 씨가 필기하다가 돌아서서 물었지.

명진아, 왜 그래.

쌤. 여기, 저거…

명진이가 손으로 가리킨 데를 모두 다 쳐다봤어. 솔미 자리더라고. 보니까 단추만 한 뭔가가 있는 거야. 자세히 보니까 젤리야.

곰돌이 젤리?

응. 솔미가 입에 달고 살던 젤리 말이야.

설마, 누가 흘렸겠지.

그건 아무도 모르지. 어쨌든 여기저기서 애들 비명 지르고 난리가 났어. 자영 씨가 그냥 젤리라고, 아무것도 아니라고, 애들 진정시키려고 했는데, 별 효과도 없고. 옆 반에서 수업하던 다른 쌤들 오고, 그날은 얼렁뚱땅 넘어갔어. 근데, 그게 끝이 아니었어. 그 뒤로 학교 여기저기에서 곰돌이 젤리가 나오는 거야. 어떨 때는 화장실 변기 위에, 어떨 때는 운동장 스탠드에, 수돗가에, 사물함 위에, 교문 입구에 음각으로 새겨 놓은 교훈 속에. 많이도 아니고 딱 하나씩. 젤리가 발견될 때마다 학교에 비명 소리 나고, 언젠가부터 그 젤리가 솔미 젤리로 불리기 시작했어.

학주가 전체 조회 때, 누군가 고약한 장난을 치는

거라고, 잡히면 가만 안 둘 거라고 협박도 했는데, 그래도 계속 나왔어. 결국, 학주가 전교생 가방 검사를 했지. 실제로 곰돌이 젤리를 포함해서 젤리가 몇 개 나왔어. 근데 웃긴 게, 그걸 애초에 어떻게 탓할 거야. 젤리를 왜 사 먹냐고 나무랄 수도 없는 일이잖아? 걸린 애들은 '젤리 먹는 게 죄냐', 전해 들은 학부모들은 '왜 그런 거로 애들을 나무라냐' 이러니, 말이 안 되는 거지. 우주선이 날아다니는 시대에, '얼마 전에 자살한 학생이 즐겨 먹던 젤리가 학교 여기저기에서 자꾸 나와서요.' 이러고 학부모한테 설명할 수도 없는 노릇이잖아? 조회 시간에 학교에 군것질거리 반입 금지라고 방송 한 번 하고, 어영부영 넘어갔지.

근데 그 뒤로도 계속 솔미 젤리가 나왔어. 이번에는 교감 책상 위에, 운동장 조회대 위에, 자영 씨 차 위에. 그 지경이 되니까 겁먹고 보충 수업 안 나오는 애들이 생겼거든. 선생들도 솔미 젤리를 발견하면 바짝 긴장하고. 결국, 며칠 있다가 학교 전체 보충 수업이 취소됐어. 졸지에 보충 수업 없는 여름 방학이 된 거지. 근데 그 뒤에 더 괴상한 일이 벌어졌어.

무슨?

집에 있은 지 며칠 안 돼서 자영 씨한테서 전화가
왔어.

정현아.

예, 쌤.

저기… 학교에서 솔미 위로 제사를 지내기로 했어.
내일 저녁 여덟 시. 너는 반장이니까 참석하는 게 좋지
않을까? 강제적인 건 아닌데, 명진이는 온다고 했어.

참 나, 자영 씨는 지금 생각해도 참 좀 그래. 어쨌든,
부반장도 온다는데 반장인 내가 안 갈 수는 없을 것 같
아서 간다고 했어. 근데 막상 가 보니까 그냥 제사가 아
니더라고.

그럼 뭐야?

너 굿 알지? 무당이 귀신 부르고 징 치고 북 치고 하
는 거.

굿을 했다고? 학교에서?

응. 우리 반 교실에서.

진짜?

그렇다니까. 교감하고 자영 씨가 어찌나 비밀로 하
라고 해서 그때는 말 안 했는데, 방학 끝나고 학교 가니

까 벌써 소문 다 났던데, 뭐. 어쨌든, 다음 날 학교에 갔다? 시간 맞춰 가니까 어두컴컴하더라고. 학교에 애들이 하나도 없으니까 좀 으스스했어. 중앙 현관으로 가니까 경비 아저씨가 내 이름 묻고 문 열어 주더라고. 교실로 올라갔지. 근데 계단 올라가는데 이상한 소리가 들려. 웅웅 울리는 그런 소리. 4층에 올라오니까 교실 앞에 명진이가 서 있더라고. 그래서 아는 척하고 교실 안을 봤는데, 깜짝 놀랐잖아.

왜?

교실 여기저기 울긋불긋한 천이 둘러쳐 있고 교탁 자리에 제사상이 있는 거야. 옆에는 눈썹을 진하게 바른 남자가 하얀 한복을 입고 앉아서 징을 두드리고 있고. 앞에는 색동 한복에 하얀 고깔 쓴 무당이 눈을 감고 서 있더라고. 더 놀란 건, 교실 중간쯤에 돗자리를 깔아 놨는데, 거기에 교감하고 학주, 자영 씨하고 은실이, 은실이 엄마까지 무릎을 꿇고 앉아 있는 거야.

은실이도?

응, 그랬다니까. 어쨌든 나도 교실에 들어가야 하나 고민하고 있는데, 명진이가 우리는 복도에 있으라고 했다는 거야. 그럴 거면 우리는 도대체 왜 부른 거야?

참 나.

그러게?

어쨌든 경비 아저씨까지, 우리 셋은 복도에 서 있었어. 좀 있다 눈 감고 가만히 서 있던 무당이 제사상 초에 불을 붙이더라고. 근데 그때 보니까 제사상에 뭐가 있었는지 알아?

뭐?

젤리. 제사상 중간에 곰돌이 젤리를 접시에 한가득 담아 놨더라고.

왜?

나도 모르지. 물어볼 수도 없고. 좀 황당하데. 어쨌든, 무당이 초에 불붙인 다음에 뒤돌아보고 말했어.

학교에 있는 불은 모조리 끄소.

그러니까 교감이 경비아저씨에게 불을 다 끄라고 했어.

예? 가로등하고 경비실도요?

예, 끝날 때까지요.

근데, 저 비상등은 끌 수가 없는데요. 건물 전체 전원을 차단하지 않는 이상 저건 안 꺼집니다.

그러니까 교감이 교실 문 위에 녹색 비상등을 한 번

쓱 쳐다보고 무당한테 고개를 돌렸거든? 그러니까 무당도 마지못해 고개를 끄덕이더라고.

그럼 비상등은 두고 나머지는 다 꺼 주세요. 빨리요.

아, 예.

비상등은 안 꺼도 되는 거야? 그러려면 불은 왜 모조리 끄라고 한 거야?

그러니까, 내 말이. 말도 안 되는 상황 같은데, 다들 진지하더라고. 어쨌든 경비 아저씨가 달려가고 곧 불이 다 꺼졌어. 조명이 다 꺼지고 나니까 징 소리가 빠르고 무겁게 나기 시작했어. 촛불만 켜진 교실에서 꿍꿍꿍꿍… 소리가 계속 나니까 뭔가 멍해지더라고. 징 소리가 복도에서 증폭되면서 학교 구석구석으로 옮겨 가는 그런 느낌?

안 무서웠어?

약간 무서웠던 것 같기도 한데… 그래도 신기하기도 해서, 뭐 재밌기도 했어.

변태 같은 년.

그런가? 내가 좀 그런 면이 있긴 해. 어쨌든, 그러다가 무당이 뭘 중얼거리다가 국수 같은 종이 뭉치를 들고, 징 소리에 맞춰 제자리에서 뜀을 뛰기 시작했거든?
그러니까 그 뒤에 꿇어앉아 있는 사람들이 막 비는 거
야. 몸을 앞뒤로 흔들면서 손바닥을 비비면서 싹싹 빌
어.

아이고 솔미야, 아이고 미안하다. 미안하다, 솔미
야. 선생님이 미안하다.

아줌마가 미안하다. 솔미야, 용서해라 솔미야. 제발
용서해라. 뭐해, 기집애야. 빨리 빌어!

은실이 엄마가 빌다가 은실이 옆구리를 쿡 찔렀어.

아 진짜. 전학도 갔는데, 지금 와서 어쩌라고?

이게 진짜. 조용 안 해! 빨리 안 빌어?

그러니까 은실이가 못 이긴 척 손바닥을 모으더
라고.

아이고 솔미야. 불쌍한 솔미야. 선생님이 미안하다.

아이고 아이고 용서해라.

꽝꽝꽝꽝….

가만 보고 있으니까 좀 웃기더라고. 은실이 말이 맞
는 것도 같고. 지금 와서 이게 다 뭐냐 싶더라고. 다들
겁먹은 건 이해하지만 이런다고 뭐가 달라질까? 그리
고 다른 사람이 죽은 것도 아니고, 학교가 무너진 것도

아닌데, 고작 곰돌이 젤리잖아. 도대체 어른들의 세계는 어떻게 돌아가는 거지? 이런저런 생각을 하는 사이 징 소리가 끝도 없이 울리고, 무당이 뛰다가 말하다가 노래인지 곡소리인지 모를 소리를 내기도 했어. 사람들은 계속 빌고, 절하고. 나는 계속 복도에 서 있다가 어떻게 끝났는지도 모르게 집에 오니까 열두 시가 다 됐더라고.

그러고는?

뭐가?

솔미 젤리 안 나왔어?

안 나오기는?

그럼?

더 많이 나왔지.

뭐야, 왜?

그니까. 웃긴 일이지. 개학하고 학교 왔는데, 며칠간은 솔미 젤리가 간간이 나왔어. 애들 또 놀라고, 이럴 거면 굿은 왜 했냐고 수군거리고. 근데 날이 갈수록 점점 더 자주 나오는 거야. 교실이고 운동장이고, 여기저기에 너무 많이 나와. 그렇게 계속 많이 나오니까, 이제 애들이 안 놀라. 가을쯤 되니까 오히려 짜증 내. 이제 장난 좀 그만 치라고, 귀신인지 사람인지 모르겠지만, 정신 차리고 수능 대비나 잘하자고 고함치고. 아예 젤리를 봉지째 사서 나눠 먹는 반도 생기고. 결국, 솔미 젤리는 그냥 곰돌이 젤리로 돌아온 거지. 아무 일도 아닌 게 돼 버린 거야.

그랬구나.

좀 허무하지?

응. 그렇기는 한데….

근데?

'질랜디아'라고 있어.

응? 네가 연구한다던 그거?

응. 1995년에 지질 물리학자 브루스 루옌딕(Bruce Luyendyk)이라는 사람이, 오세아니아에 지금까지 알려지지 않았던 또 다른 아대륙이 존재한다고 주장했어. 질랜디아라는 이름을 처음으로 사용한 사람이었지. 추정 면적은 490만km², 오세아니아 대륙 860만km²의 절반이 넘는 면적이지만 전체의 97%가 바다에 잠겨 있지. 2017년에 뉴질랜드 지질학자 열한 명이 질랜디아가 실존한다는 연구 결과를 발표했어.

잠깐, 얘 왜 이래? 선생님? 선생님 여기요. 얘 좀 이상해요.

네, 잠시만요.

건조한 간호사의 대답이 지나가고 의사가 왔다.

무슨 일이시죠?

애가 이상한 헛소리를 해요. 기절할 때 어디 다친 것 아닌가요?

의사가 침대 끝에 걸린 차트를 보며 말했다.

아니요, 소견에 외상은 없습니다. 저기요, 환자분? 박미미 씨?

예.

괜찮으세요?

예. 그냥 할 말이 좀 있어서요.

알겠습니다. 잠깐 동공 체크만 할게요?

의사가 눈을 까뒤집어 플래시로 비췄다.

동공 반응 정상이고요. 스트레스 상황에서 갑자기 말이 많아지는 경우도 있어요. 걱정 안 하셔도 될 것 같습니다. 링거 다 맞고 나면 바로 가셔도 됩니다.

아, 네. 알겠습니다. 야, 너 뭐야. 질란… 뭐? 깜짝 놀랐잖아.

질랜디아, 이 상황이 질랜디아 같아서.

하, 나 참, 엉뚱하기는. 너 여전하구나.

나 괜찮아.

그래, 알았어.

계속한다?

뭘?

질랜디아.

또?

응.

하, 그래. 해 봐라. 어차피 링거 맞을 동안 할 것도 없는데, 어디 뭔지 들어 보자.

97%가 바다에 잠겨 있어도 대륙이란 말이야. 물 밖에 나온 3% 따위는 전혀 중요한 기준이 아닌 거지. 그런데 사람들은 그 3%만 보고 살잖아. 솔미도 대륙이었을 거야. 근데 우리가 다 무시했잖아. 특히 내가 그랬고.

야, 이야기가 왜 그렇게 돼. 네가 뭘 어쨌다고.

아냐, 적어도 나는 그러면 안 됐어. 초등학교 때 미미시스터즈가 된 뒤부터 난 솔미로부터 점진적으로 멀어지려고만 했거든. 남극에서 떨어져 나온 빙산같이.

야, 무슨 말도 안 되는 소리야. 굳이 따지자면 은실이 고년 잘못이지, 봉자영도 좀 지분 있고.

그래, 그것도 있겠지. 근데 내가 외면한 것도 사실이야. 솔미는 물 위로 드러난 3%의 눈빛과 몸짓으로 한 말들이 있었을 텐데.

야, 심각해지지 마. 그렇게 생각하면 살면서 잘못한 게 한둘이겠어? 심지어 나는 반장이었다. 책임 따지자면 나도 3%쯤 있어. 근데 어떡할 거야. 다 그 정도는 모른 척하고 사는 거지.

솔미 젤리처럼?

그래, 곰돌이 젤리처럼.

그런가? 그래도 되나?

되고 안 되고가 어딨어. 별수 있냐? 그냥 사는 거지.

…….

박미미 님?

예?

좀 괜찮으세요?

예.

간호사가 링거를 확인하고 팔에 꽂힌 바늘을 뺐다.
바늘 뺀 자리 주위로 퍼렇게 멍이 들었다.

다 됐습니다. 멍은 이삼일 있으면 없어질 거예요.
좀 오래 가는 경우도 있는데, 금방 없어질 거예요.

예.

이제 가셔도 됩니다. 나가시면서 수납하시고요.

예. 감사합니다.

야, 가자.

응.

근데 너 어디로 가?

숙소 잡아 놨어.

어디? 호텔?

응.

우리 집 가도 되는데, 좀 지저분하기는 해도.

아냐, 내일 뉴질랜드 돌아가서, 공항 근처에 잡았어.

그래, 그럼 나가서 밥이나 먹자. 네가 산다며.

그래, 고기 먹자.

외계인들

*

야!

응?

우리가 초등학교 4학년 때 처음 같은 반 되고부터 쭉 봐 왔잖아?

그…렇지.

자그마치 19년이야. 이만하면 절친이잖아?

그…렇다고 할 수 있지?

근데 말이야, 뭔가 이상해.

뭐가?

야냐, 마시자. 짠?

그래…. 짠.

크— 근데 이 집 깐풍기 좀 짜지지 않았냐?

음… 난 잘 모르겠는데?

그래, 뭐. 그건 그렇고. 오늘 나오면서 생각해 보니까 말이야, 나는 너를 잘 모르는 것 같아서 말이야. 그렇다고 너 탓하는 건 아냐. 네가 미주알고주알 말해 대는 새끼도 아니고. 아마 그동안 내가 관심이 없었던 탓이겠지. 너도 알다시피 내가 좀 그렇잖아? 남 생각 잘 못하고.

그…런가?

그래, 너도 별 관심 없을 수 있지만. 뭐 자잘한 우정이니 배려 같은, 뭐 그런 간지러운 이야기하자는 건 아니고, 그 뭐랄까, 거슬려.

뭐가?

네가 말할 때 글자 뒤에 점 세 개 찍는 버릇 말이야.

이…런 거?

그래, 그거.

이게… 왜?

그렇게 오래 봐 왔는데 말이지. 장장 19년이잖아. 근데, 나는 네가 언제부터 …을 애용하기 시작했는지 모르겠어. 처음으로 네가 사용하는 …을 감지한 게 언제인지도 정확히 모르겠고, 왜 사용하게 됐는지도 모르겠어. 근데 그게 뭔가 네 인생에서 중요한 …인 것 같은데 말이야. 잘 모르겠어. 분명한 건 처음 우리가 만났을 때는 너는 …을 사용하지 않았다는 거지.

흠… 너 그냥 술 된 것 같은데?

아냐, 새끼야. 두 병쨴데, 이걸로 무슨 술이 돼.

아님 말고.

아 새꺄, 말하다가 까먹었잖아.

처음에는 내가 '…을 사용하지 않았어'까지 했지.

그래, 그거야. 그럼, 말 나온 김에 직구로 보자. 도대체 언제부터 …을 애용하게 됐어? 이유는 있고?

음….

또 봐라, 또.

전문 용어로 말줄임표라고 하지.

그래, 그거 언제부터 왜 썼냐고?

흠… 그러니까 정리해 보면, 내 인생의 어떤 기점에서 말줄임표가 나타났고, 거기에는 어떤 이유가 있을 것이다! 그것이 알고 싶다! 맞아?

그렇지, 아이고 새끼 철학과 아니랄까 봐 논리적인

거 봐라.

나 철학과 아닌데, 물리학관데, 철학은 부전공인데, 새꺄.

그래그래. 물리학과 철학 부전공 씨, 닥치고 '그것이 알고 싶다'나 말해 보시지?

음….

또 지랄.

흠… 이제 고백할 때가 온 것 같군.

뻥카 치지 말고 제대로 말해, 새꺄.

놀라지 마?

알았다고!

그래… 사실, 나 외계인이야.

하, 이 새끼 진짜. 말하기 싫음 됐어. 새꺄, 술이나 마셔.

진짠데?

진짜라고? 이 새끼, 그럼 뭐, 타고 온 우주선이라도 보여 주등가. 뭐 증거를 대 봐.

흠… 일단, 짠?

그래 짠!이다, 새꺄.

크-그러고 보니 깐풍 양념이 좀 짠 것 같기도 하네.

것 봐, 내 말이 맞지?

우주선은 없는데… 다른 증거는 있어.

뭐? 아직도 우긴다고?

인생 뭐 있냐? 설득당하거나 설득하거나 둘 중 하나지.

캬-새끼, 역쉬 철학과.

새꺄, 물리학과라고.

그래그래. 알겠고, 일단 설득해 봐.

말줄임표, 점 점 점. 네 말대로 거기서부터 시작됐는지도 몰라.

역시, 거기군. 뭐가 있을 줄 알았어. 내 촉이 장난이 아니거등. 내가 공무원 시험도 찍어서 된 사람이야. 30년 인생 촉으로만 살아온 내공이 드디어 빛을 발하네. 어디, 시작해 봐라.

그래, 시작하자. 때는 대학교 3학년, 네가 호주로 워킹 홀리데이 가고 난 직후였어. 난 전역하고 복학해서, 존재(存在)와 인력(引力)에 대해 몰두하고 있었어.

뭐? 존재와 뭐?

인력, 질량의 곱에 비례하고 거리의 제곱에 반비례하는, 뉴턴, 사과, 몰라?

아, 뉴턴. 근데 그게 왜?

만유인력의 법칙, 새꺄. 공무원은 어떻게 됐냐?

찍어서 됐다고 했잖아, 새꺄. 뭐, 월남 용사 키드 가 산점도 좀 받고. 그리고 나 문과야.

그게 가산점하고 문과로 때워지냐?

아 됐고, 그래서 뭐.

하… 그래 됐다. 문과적으로 설명해 줄게.

그래, 그게 좋겠다. 존재와 인력 거기서부터. 잘할 수 있지?

그만할까?

아냐아냐, 계속해.

한 번만 한다. 잘 들어.

알았어, 새꺄.

모든 존재는 크기가 작든 크든 서로 당기는 힘이 있 거든, 동시에 밀어내기도 하고.

그건 나도 알지. 밀당!

하… 그래 밀당은 밀당이지. 어쨌든, 밀고 당기는 힘이 균형을 이루면 그게 존재들 간의 물리적 거리 가 돼.

그렇…겠지?

근데 존재들은 물리적 거리에서 끝도 없이 외로움을 발생시키거든.

흠… 그건 또 왜 그럴까?

수컷과 암컷으로 나뉘어 있으니까.

아하, 그러니까, 문과적으로 볼 때, 수컷인 네가 암컷과의 거리 때문에 끝없이 외로움을 발생시키고 있었다! 그런 말인가?

그렇지, 이제 좀 알아듣네.

하, 이 새끼 나 없다고 많이 외로웠구먼. 새꺄, 그냥, 전역하고 외로워서 좀 껄떡거렸다. 이러면 되잖아.

어디, 품위 없이. 하여튼 문과 놈들은 형식이 부족해. 인간을 인간답게 하는 건 이성이라는 형식이야, 새꺄.

아, 네네. 형식 쩌는 물리학과 철학 부전공 씨, 각설하고, 진도 나가 봐.

오. 각설하고?

그래, 각설하고.

갑자기 단어가 고급진데?

닥치고.

근데 어디까지 했지?

전역하고, 존재와 인력.

그래그래. 그때는 내가 인력의 법칙에 따라 끌리는 대로 고백하고 차이는 생활을 반복하고 있었거든. 근데 철학과 수업을 들으러 가서 그 애를 만났어.

여자? 내가 모르는?

응, 네가 모르는 여자 사람…인 줄 알았는데, 나중에 보니 외계인이더라고.

에이 새끼, 잘 나가다가.

그만할까?

알았어, 계속해 봐.

한 번 더 끊으면 진짜 이야기 안 한다.

알았어, 알았다고 새꺄.

첫 존재론 수업에서 그 여자를 발견했지. 두 번째 수업에서 인사하고 세 번째 수업 마치고 고백했어. 의외로 선선히 일단 만나 보자고 하더라고. 우리는 급격히 인력의 장 속으로 빠져들었지. 밥도 먹고 산책하고 술 마시고 공부도 하고 섹스도 했어. 한 번 하고 난 후로는 매일 했어. 좋았지. 그때는 뇌부터 발끝까지 매일 발기 상태였던 것 같아. 지나고 나서 생각해 보면, 그 애와 가장 좋았던 점은 그렇게 정신과 육체가 발기 상태인

채로 대화를 나눌 수 있었다는 거야. 육체와 정신이 다른 공간에 있지만 여기서 함께 이야기 나누는 듯한 느낌. 거기다가 존재와 인력이라는 화두를 제대로 탐닉하고 있다는 학습자로서의 뿌듯함도 있었지.

오 씨바, 존나 철학적이면서 야해.

야, 끊지 말라고.

아, 미안미안.

새끼가, 간만에 집중하고 있는데….

옙, 죄송합니다.

그날도 대낮부터 자취방에 있었어. 한 차례 폭풍이 지나가고 침대에 누워서 체력이 회복되기를 기다리고 있었지. 그때 그 애가 갑자기 물었어.

너는 어디에서 왔지?

갑자기?

응, 갑자기.

허, 거참.

나는 생각했지, 이거지, 이게 진정한 공부지. 두 존재가 알몸으로 만나 그 기원을 탐구하는 기쁨. 나는 좀 진지하게 그 기쁨을 만끽하고 싶었어. 그래서 반듯하게 누워 대답했지.

글쎄, 엄마 자궁? 아니, 그 이전에 미네랄? 그 이전에 캄브리아기. 그 이전에 우주, 빛, 열, 가스, 빅뱅. 그 이전은 상상되지 않는데… 그냥 난 빅뱅으로부터 왔다고 하지 뭐. 근데, 그렇게 묻는 너는 어디에서 왔지?

난 장난기를 섞어서 되물었어. 근데 지나고 나서 안 사실이지만 되물으면 안 되는 거였어. 갑자기 눈꺼풀이 무거워지고 그녀가 갑자기 멀리 있는 것처럼 느껴졌어. 눈앞에 있지만 대기권 밖에서 나를 지켜보고 있는 것 같은 이상한 감각과 함께 침대 모서리가 점점 멀어지고 있었어. 나는 뭔가 잘못되고 있다고 눈치 챘는데, 이미 어쩔 수가 없었어. 완전히 내려앉은 눈꺼풀 속에서 그녀가 대답했어.

난 사실, 네 상상 너머에서 왔어. 꽤 멀었어. 너는 그 작은 머릿속에 좁은 골목길만 수없이 만들어 놨더군. 그래서 너에게 오는 게 꽤 늦어졌어. 길을 자주 잃었거든.

어쨌든 결국 내가 여기까지 왔어. 이제 너는 이 미로 같은 너의 골목을 빠져나가면 돼. 거기에 내가 온 세상이 있어. 그다음 세계도 있지. 아마 너에게는 구원이 될 거야. 아니면 일찍이 맛본 적 없는 절망이거나. 사실, 그런 건 중요하지 않아. 구원이든 절망이든 거기에서는 별 의미가 없거든. 금방 익숙해질 거야. 그저 너는 계속해서 떠날 준비만 하면 돼.

그러고는 그녀의 몸이 투명해지기 시작했어. 나는 어떻게 하면 좋을지 몰라서 계속 어, 어, 거리고만 있었어. 곧 그녀가 완전히 사라졌어. 눈을 뜨니 침대에는 점이 찍혀 있었지. 점 점 점, 이렇게 세 개가.

하. 이제 아주 소설까지 쓰는구먼. 물리학과 철학 부전공 소설가 나부랭이 씨, 아주 빤타스틱하다. 새끼, 딱 보니 어디서 이상한 야동 보고 딸딸이 치다 잠들었구먼.

새꺄, 아직 안 끝났어.

아, 오케이. 오케이. 어디 끝까지 해 봐라.

점 세 개, 그때부터 나는 말줄임표가 외계에서 온 언어라는 걸 알게 됐지. 그리고 내가 누군가의 외계인이라는 것도.

끝?

응. 끝. 이제 알겠지? 내가 …을 말 사이에 넣기 시작한 때는 바로 그때부터야. …은 말과 말 사이에 시간을 넣어 외계의 존재와 소통하는 방식인 거지.

아놔 이 새끼, 그만하지?

한 가지 더 남았어.

또 뭐!

너도 곧 …을 쓰게 될 거야. 그리고 깨닫게 되는 거지. 너도 외계인이었다는걸.

이런….

것 봐, 바로 쓰네. 이제 너도 외계인이야.

아, 이 사기꾼 새끼.

흠….

또 뭐!

짠! 할까? 외계인?

아놔, 그래, 짠!이다, 이 새끼야.

토종 씨 우보 씨

*

　‘토종’이라는 말이 어울리는 사람이 있을까? 라고 묻는다면, 그런 사람이 있다. 까무잡잡한 면상에 동그마니 자리 잡은 코와 약간 처진 눈두덩, 입술은 도톰하고 입꼬리는 조금 올라가서 언제나 잠잠한 웃음이 걸려 있다. 다섯 자가 좀 넘는 키와 큰 손에, 통실한 살집과 근육이 탄탄하다. 말은 없는 편, 짧은 대답과 어깨와 고개, 손을 가볍게 움직이며 긍정과 사양을 표한다. 작지만 탄탄한 체구에서 나오는 간결한 대답과 부지런한 몸짓은, 알뜰하면서도 가을 나락 냄새 같은 구수한 품위가 있다. 그리고 항상 움직인다. 수족 같은 트럭을

몰거나 마을 공용 트랙터를 끌고 다니며, 논밭을 갈고 거름을 넣는다.

성은 필(弼)이고 이름은 우복(優福)이다. 본관은 대흥(大興)이라는데, 삼팔선 너머 함경도 어디란다. 그래도 대흥 본관이 필 씨 가의 큰집이라고, 동백에서 지방(紙榜) 꽤나 써 본 노 씨가 말한 적이 있다. 그런데 동네 사람들은 죄다 우보라 부른다. 성씨는 웬만해서 부를 일이 없어서 그렇다 치더라도, 이름에서 기역 자 하나가 빠졌다. 부르기가 수월한 탓인지 언젠가부터 그리되었다. 생전의 우보 할아버지가 자잘한 역정을 내기도 했다.

'보'가 아이고 '복'! 얼라 이름을 제대로 아이 부르고, 동네 사람 다 따라 안 하니. 어른들이 이 무에 뽄새고!

아따 행님, '보'나 '복'이나, 글로 쓸 때나 밝히 적으마 되지, 부르는 거로 그라요. 내는 경식이가 갱시기로 산 지가 벌써 몇 년인지도 모린다. 아이요?

고거하고는 다르디. 고거이 경상도 말로 부르는 거이고, 울 아 이름은 글자를 빼고 부르는 거 아이네.

거참, 알쓰요. 우보 아이고 우복이, 필우복이, 요라
마 되지요?

기래, 그래 부르라.

하지만 그때뿐이었다. 정작 당사자인 우보도 별로
신경 쓰지 않아서, 동네에서 시나브로 굳어졌다. 또래
거나 손위 어른들은 우보, 께름직한 거리가 있으면 우
보 씨라고 부른다. 이제는 동백 서백 합쳐서 다섯밖에
없는 아이들은 우보 아재라 부른다.

동백과 서백 마을을 가로지르는 농로를 따라 숨이
차도록 오르면, 다섯 가구가 살던 바람재가 나오고, 지
금은 우보가 논 닷 마지기에 소 두 마리를 치며 홀로 산
다. 제 논은 동백 큰들 논 열 마지기까지 합쳐서 열다섯
마지기밖에 없어도, 동백 서백 논 5할은 우보가 짓는
다. 꼬부랑 할매 할배들이 태반이라, 땅 놀리기 깔끄러
운 집은 죄다 우보에게 맡기고 3할을 타 먹는다. 오리
떨어진 운산 병곡 댁 할매 밭도 갈아 주고 논두렁 꼴도
벤다. 그 때문인지 동네 사람들은 모두 우보를 정중히
대한다. 몇 해 전부터 이장을 하라고 권해도 한사코 손
을 내저었다. 성질 괄괄한 정이 할배도 우보에게만은

정중하다. 평상시 같으면 손 아래 이장에게

야, 정배야. 낼 모레 울 논 좀 갈아라!

이리 말할 것도, 우보 앞에 서면

어이, 우보, 낼 모레 울 논 한번 갈아 줄 수 있는가?

이렇게 변했다. 그래도 단오나 복날 동네잔치가 있으면, 우보도 얼근히 취한 할배들의 안주가 되기도 한다.

참말로 진짜배기다. 진짜 토종 농꾼 아이가. 저거 할배가 얼매나 야물딱졌노. 전쟁통에 아들 하나 델꼬 이북서 내리와가, 이 골짝서 쌔빠지게 터 닦았다 아이가. 상머슴매로 일해가, 그래 한 뙈기 두 뙈기 사 모아가 아들 장개 보내고, 손자 봤다 싶으이 마, 아들이 월남 가서 그래 되기는 했지만서도.

그거사 사정이 쫌 있다 아인교.

머? 빨개이?

행님도 알자네. 우보 저거 아부지가 오죽했으마 핏덩이 두고 지원해가 월남을 갔겠능교. 들어 보이 그때 월남 간 사람 중에 돈 벌로 간 사람도 많지마는도, 제주도하고 이북 출신 자슥들도 많았다 카데요. 거 갔다 오마 고마 뻘건색 쏙 빠지 뿐다고. 그때 우보 할배도 심심하마 불리 갔자네요. 그리 양반거치 반듯한 사람을, 뉴스에 간첩에 간 자만 나오마 맨날 지서서 불러 쌓고.

그래, 그때는 고치장 뻘건 거마 봐도 숨카 뿌던 때라. 요 동네는 전쟁 때 산 사람들 손 탔다고 더 했고.

그라이 행님, 그 아들이 맴이 어땠겠십니까. 아부지는 심심하마 지서에 불리가지, 학교 가마 맨날 선생이 호구 조사 해 쌓지. 계속 그리 살마 어데 가서 면서기도 한번 못 해묵긋고, 앞으로 살 팔자가 얼매나 노랬겠는교. 그라이 고마 전쟁터 가뿌는 기라. 지금 생각하면 얼척없찌. '내 뻘건색 아이요' 요 말 할라고 목숨 걸어야 되는 거자네. 참말로 얼척엄따.

그래가, 근근이 살아와서 뻘건색 빼고 참전용사 되마 머하노. 짝다리로 평생 술에 절어 살았는데. 지 수발 하니라 온 식구는 다 시뻘거이 익고, 지만 죽어가 시퍼런 국군묘지에 누버 있으마 머한단 말고.

행님, 와이라노. 술 됐는교!

머라카노, 몇 잔 묵도 안 했는데. 가마이 있어 봐, 우보 너거 아부지 간 지가…

칠 년예.

고마하소 마.

알따, 알따, 우쨌든동, 우보야.

예.

너그 할배 가고, 너거 아부지 챙기니라 니는 장개도 못 가고 그랬지마는도, 너거 어무이도 애 무따. 어무이 잘 챙기라.

예.

에헤이, 행님, 고마하라카이. 나오소 담배나 한 대 피소.

정배 아재가 정이 할배 손을 잡아끌고 나간다. 잠깐 동안 어색한 술잔 부딪는 소리만 나다가 갱식이 아재가 쑥쑥하게 말을 꺼낸다.

우엣든동, 이 동백 서백에 너거 할배 손 안 간 땅이 있나. 딱 그 할배에 그 손자인 기라. 니도 농고 졸업하고 그때부터 쭉 농사마 지째?

예.

그래, 요즘 같은 세상에 이런 사람이 어데 있노. 우보 니가 토종 아이마 누가 토종이고.

글치, 요새 저런 진국이 어데 있노.

그렇치. 하모.

술 오른 할배들이 오지랖 넘치는 맞장구를 짝짝이고 있으면, 우보는 화장실 가는 척 슬그머니 자리를 털고 일어선다. 뒤따라올 말들이 뻔하다. 토종에 진국 우보도 옥에 티 마냥 흠이 있다. 굳이 시비를 따지자면 흠이라 할 수도 없지만, 동네 사람들은 으레 옥 뒤에 티를 만들어 붙였다. 돌아온 정이 할배가 다시 부릉부릉 시동을 건다.

어라, 우보는? 가뿟나?

예, 안 들어 오는 거 보이 갔네예.

우째 오랜만에 회관 왔더마, 가뿟네.

저거 아부지 이야기 듣기가 그슥했겠지요.

머, 아도 아이고….

행님, 듣기 좋은 소리도 아이자네요.

그도 글타, 쯧. 근데 우보 나이가 올해 매치고?

올해 쉰이라 했지 아마?

장개는 안 갈랑가? 그때 그 북한 야시 뒤로 머 없

는가?

아따 행님. 북한 아이고 조선족, 조선족이라 캐도 중국 사람이라.

그기 그기지, 어데서 오고가 머가 중요하노. 해처묵고 날른 기 문제지.

그건 글치요. 아 근데 이 코딱지만 한 동네에 뭔 일 있었으마 소문이 벌써 파–하지, 안 그런교?

글치, 그나저나 여자가 있어야 대를 이슬낀데. 쯧.

대는 무슨, 이조시대도 아니고. 우보가 뭐 짜달시리 지킬 가문이 있나, 저거 어무이 잘 챙기고 지 한 몸 잘 건사하고 살마 그기 장땡이지. 안 그런교 행님.

에이, 그래도 사람 사는 기 그런가. 새끼 키우는 맛도 있고, 마누라 궁디 뚜디리다 잔소리 듣는 맛도 있는 기지.

그기 마음대로 되마 저래 있겠는교. 고 야시 년 도망간 지 두 해도 안 됐자네요. 동네 논 다 갈아 주고 쌔빠지게 모아 놓은 돈 홀랑 날리 뿟는데, 까부린 속이 풀릿겠습니까. 저거 아부지 술값으로 마이 썼다고 해도, 못해도 일억은 될 끼라. 그리 소매로 일만 했는데. 글치요?

지 살던 집도 팔아 뿌고 저래 바람재 가서 혼자 사는 거 보마 모리겠나. 요양 뱅원 누버 있는 저거 어무이 볼 때마다 맴이 어떻겠노.

저거 어무이는 우보 장개 들었던 것도 모를 끼라.

카마, 그기 더 다행이다. 돌리 생각해 보마, 노망든 사람은 개안에. 얼라매로 지 배 골코 아푼 거마 알지, 우 사시러븐 거는 모르자네. 식구들마 뱅원비에 치다꺼리에 쌔빠지는 기지.

그래도 우보는 개안에요. 동백 서백 노는 땅 다 짓고, 트랙터 몰아가 일당 벌고, 모르긴 몰라도 바람재 가고 나서도 돈은 쫌 모았을 끼라. 저거 어무이 병원비는 아부지 월남 용사비 나오는 거로 댄다 카고.

그래도 죽은 서방이 마누라 뱅원비는 챙기니 다행이다.

우쨌등가네, 속을 그리 까 부리가 새 장개 생각이나 나겠는교.

글켔네.

내 우보한테 갈 때마다 보이, 소마구 옆에 소주뱅하고 막걸리 뱅이 산이라. 근데 신기하제, 술을 그리 묵고도 항시로 일은 척척이자네요. 짜슥, 머 좋은 거라도 숨카 놓고 묵는가 몰라?

정배 니는 이장이나 되어 가꼬 말 뽄새가 와 그 모양이고.

와요, 행님. 내가 머 없는 말했는교?

쯧. 니 잘못이라 하기는 그슥하다만, 우쨌든 네 덕에 우보가 그 야시 만낸 것도 사실이자네.

아따 행님. 내가 몇 번을 말했는교. 내가 이야기는 꺼냈지만서도, 뭐 중신을 섰소, 소개비를 받았소. 내는 태석이한테 '우보 장개가고 싶단다. 전화 한 통 넣어 봐라.' 이란 기 다라. 태석이야 중신 선 죄로 욕은 들어 묵어도, 돈이라도 받았자네. 내는 우보 장개가서 회관서 잔치할 때 술 한잔 묵은 기 다라. 그라고, 우보 장가들었을 때는 동네 총각 귀신 하나 없어졌다고 다들 좋아했자네. 안 그런교? 그 야시 년이 그리 야무지게 해 묵고 날를지, 누가 우째 알았겠는교. 보기에는 참했자네, 싹싹하고. 안 그렁교?

누가 뭐라 하나. 니 잘못 아이라고 안 했나. 그래도 니가 첨 줄을 놨응께, 이 사달에 쫌 까끄러븐 맴은 있자네. 아이가?

그거사 그래도, 행님, 그기 내 잘못은 아이다 아인

교. 일대일로 중신 선 것도 아이고.

누가 머라 하나. 내 말은 니가 이장이고 하이, 쫌 챙기라고 하는 말 아이가. 말 뽄새 좀 이뿌게 하고.

거참, 행님. 그거는 동생이 행님 앞에서 까분다고 그란 거 아이요. 그라고, 솔직히 내도 내지만, 말 뽄새 하면 울 동네서 행님이 젤 아이요? 예?

정배의 쉰 소리에 정이 할배가 콧방귀를 뀌고 입꼬리도 올라간다.

그래, 니 말도 맞다.

아이고 행님, 우보 걱정은 고마하고 술이나 드입시다. 기왕지사 그래 된 거, 우짤끼라.

그래, 얼라도 아이고. 지 팔자대로 살긋지. 남 걱정매로 씰대없는 기 없다. 그래도, 니가 이장이자네, 신경 쫌 써라.

아따, 행님! 내 어련히 알아 할까 봐. 안 그래도 며칠 전에 외지 사람들이 몰리 댕기미 토종 씬가 먼가 찾는다 하길래, 우보한테 가 보라 안 했는교. 여자들도 섞기 있고, 혹시 아나, 새 장개 갈지.

그래 그래, 고마 술이나 묵자.

갱식이 아재가 가라앉은 막걸리 잔에 새끼손가락 넣어 휘휘 돌리니, 다들 따라 휘휘다.

*

우보는 밤부터 비가 많이 와서 새벽 댓바람부터 논물을 보러 다녔다. 웅오 아재네 모내기를 끝내자마자 장마가 왔다. 장뜰 논에 동백 서백 서른 마지기 논물을 다 보고 운산 병곡 댁 할매 물골도 터 주고 오니 아침때가 한참 지났다. 우비를 벗어 놓고 툇마루에 올라 앉았다. 장독대 갈라진 시멘트 틈으로 잡초가 삐죽삐죽 올라오고 새파랗게 이끼가 끼었다. 마당 끝으로 줄줄이 핀 맨드라미도 잡초 틈에 끼어 옹색하다. 어머니가 요양 병원으로 간 후부터는 집 구석구석이 녹슬어 간다. 우중충한 날씨 탓인지 새삼 웅오 아재가 한 말이 떠오른다.

아무리 자주 씻어도 머시마 혼자 사는 집에는 홀아

비 냄시가 진동을 하거등. 그 왜 쿰쿰하이 찐득하니 그런 냄새 있잖아. 젊은 놈이고 늙은 놈이고 똑같애. 근데 그런 집에 여자 옷 하나만 딱 걸리마, 그 냄시가 싹 없어지 뿌거등. 희한하제…. 그라이 그기 시상 이치인 기라. 남자는 여자하고 살아야 되는 기라. 우보 니도 빨리 색시 구해라. 냄시 난다.

팔을 들어 코를 쿵쿵거려 보니 냄새가 나는 것도 같다. 비까지 오니 어째 을씨년스러운 기운도 장화를 타고 오른다. 배가 고픈 탓이다. 생각을 털고 밥솥에 남은 밥을 푸고 상추 된장을 상에 올렸다. 한술 뜨려 할 때, 오토바이 소리가 났다. 시동이 꺼지고 정배 아재가 대문을 열고 들어선다.

어이, 인제 밥 묵네?

예. 논물 보고 온다꼬, 아재도 한술 뜨이소.

나는 진작 묵었어. 어서 떠.

예.

근데 찬이 와 글노. 일은 소매로 하는 사람이.

개안습니다.

이따 울 집 와서 찬 좀 받아 가. 마누라한테 말해 놓으께.

개안습니다.

개안키는 머가 개안에. 반찬 늘마 좋지 뭘 그래.

예.

묵던 밥이나 어서 묵어. 이래서 집에 여자가 있어야 된다니까.

정배 아재가 담배에 불을 붙였다.

할배 돌아가신지도… 보자, 한 십 년 됐나?

십오 년예.

아부지는?

사 년예.

그런가? 가마이 있어 보자, 아부지 가고 그다음 해니까, 그라마 어무이 뱅원 간 지도 벌써 세 해째가?

예.

아직 그 뱅원에 있나?

예.

좀 차도가 있나?

맹 똑같지요. 낫는 뱅이 아이다 아입니까.

이구, 혼자 뭔 고생이고.

개안습니다.

개안키는, 그러니까 니도 장개를 가야지. 낼 모레
오십인데 언제까지 혼자 살라고.

그기 맘대로 됩니까. 재주가 없는데.

재주가 뭔 상관이고. 누가 니 보고 미스코리아 델꼬
살라더나. 맘만 묵으마 장개 가는 기 뭐 일이가. 아닌 기
아니라, 말 나온 김에 니 함 만내 볼래?

예? 뭘예?

그래, 묵으면서 들어.

우보는 상추를 씹으며 고개를 끄덕였다.

자네도 계속 이래 혼자 살 수는 없자네. 안 그래? 태
석이 말 들어 보이, 3천이마 델고 온다카데. 베트남, 조
선족, 필리핀하고 거, 캄보디아 여자도 있고. 어째, 한번
안 볼래? 내가 태석이한테 말해 놓으까?

태석이라면 동백서 자란 네 살 아래 동생이다. 홀어
머니와 둘이 살다가 중학교 졸업하고 외지로 나갔다
가 몇 해 전에 돌아왔다. 필리핀 여자하고 살고 읍내에
부동산을 차려 놓고 국제결혼 중개도 한다. 가까이 살
아도 동네에는 가뭄에 콩 나듯 와서 전단만 붙이고 간
다. 우보도 동네 전봇대에 붙은 베트남, 캄보디아, 필리
핀, 우즈벡 아가씨 전단을 못 본 건 아니다. 마흔이 넘어

가면서 가끔 보던 선 자리도 없어지고, 어머니가 요양 병원에 들어간 후로는 아예 마음을 접었다. 하지만, 지난밤부터 주룩주룩 내린 비 탓이었는지, 때 지난 식은 밥 탓이었는지, 슬쩍 마음이 기울었다.

어, 니 대답 없는 거 보이 마음은 있네?

우보는 우적우적 상추를 씹으며 눈만 끔뻑거렸다.

그래, 니도 사내새낀데, 여자 생각이 없으마 말이 안 되지. 집 있지, 땅 있지, 니 모아 놓은 돈도 좀 있잖애. 맞제?

모아 놓은 돈 이야기에 반짝 정신이 들었다. 얼마 전에 어머니가 잠깐 제정신이 돌아왔다 싶을 때 했던 말이 떠올랐다.

복아, 돈 간수 잘해라. 논도. 너거 할배가 이북서 내리와가 손마디가 다 부르키도록 너무 집 머슴질 해가미, 한 마지기 두 마지기 사 모은 기다. 너거 아부지 월남 가서 그래 되고 마이 날릿어도, 그 땅 파묵고 니하고 내하고 이제까지 산 기다. 술은 쪼매마 묵고. 돈 생기마 저금하고. 낭비는 안 해도 너무 애끼지는 말고. 머시마 가 너무 애끼마 좀시러바서 안 돼. 내 정이 할매한테 선

자리 하나 봐 노라고 했다. 연락 오마 깨끔케 나가고. 인물 보지 말고, 착하마 된다. 일은 니가 다 하마 되고. 그럴 일이야 없겠지만서도, 베트남 여자는 만내지 말고. 고무실 재식이 알재? 작년에 베트남 여자한테 장가들었는데, 고마 얼라 냅뚜고 도망갔다데. 졸지에 아 딸린 홀애비 됐다 카이. 아 까지 놔 놓고 도망가는 고런 독한 년이 잘 있기야 하겠냐만, 그래도 조심해서 나쁠 거는 없지. 안 글나.

정이 할매가 주선한 선 자리는 5년 전에 나갔다가 찻값만 치르고 왔다. 어머니 말 듣고 인물은 자세히 보지도 않았는데, 여자는 착한지 어떤지 알 틈도 없이 자리에서 일어섰다. 도망갔던 고무실 재식이 마누라는 그 이듬해에 다시 돌아왔다. 얼라는 초등학생이 되었고, 엄마와 함께 자가용을 타고 읍내 마트에 자주 나타난다. 그래도 어머니 말대로 조심해서 나쁠 건 없다.
　와 대답이 없노? 태석이한테 말해 놓으까?
　…….
　와? 짜슥, 니 나이가 몇인데 이래 체면 차리노.
　외국 여자는 쫌 그런데예. 말도 안 되고.

하이고 짜슥, 걱정도 팔자다. 다 한국말 쪼끔은 한다더라. 조선족도 있고.

…….

일단 만내 봐라. 싫으마 때려치우마 되지. 팽양 감사도 지 싫으마 그만 아이가. 안 글나?

그건 글치예.

내가 태석이한테 말해 놓으께. 알겠제? 아, 대답을 해라.

예.

그래, 잘 생각했다. 그라마 내는 간다. 내중에 반찬 받아 가라. 알긋나?

예, 이장님.

갑자기 이장은 무슨, 짜슥.

정배 아재가 대문을 나서는 걸 지켜볼 때만 해도, 우보는 그해 겨울에 장가를 가게 될 줄은 꿈에도 몰랐다. 정배 아재가 가고, 소마구에 다녀와도 비는 그치지 않았다. 하늘을 보니 쉽게 그칠 비가 아니다. 우보는 툇마루에 눕다시피 기대어 소주병을 깠다. 처마 끝에서 추적추적 떨어지는 낙숫물을 보며 홀짝이다 보니 취

기가 오른다. 정배 아재 말대로 쉽게 갈 장가라면 여적
지 있지도 않았을 터다. 그래도 참한 색시를 얻어 트럭
에 태워서 들이며 산으로 누비고, 새참도 같이 먹고 살
면 더 바랄 게 없을 것 같기는 하다. 열없는 공상을 하고
보니, 손아귀에 갇힌 땅강아지가 헛땅 파는 것 마냥 배
꼽이 간질간질하다. 술기운에 가물가물 눈이 감기려
는데 전화가 울렸다.

행님, 저 태석입니다.

어? 어. 그래. 웬일이고?

정배 아재한테 전화 왔었습니다.

벌써?

행님, 말 나온 김에 빨리 진도 빼는 기 좋지요. 안 그
렇습니까?

아 근데, 그기….

그라마 행님, 우짜실랍니까. 일단 만내가 이야기를
좀 해 봐야 안 되겠습니까? 언제, 사무실로 함 오실랍
니까?

아… 그기, 오늘은 좀 그렇고, 낼 가도 되겠나?

되지예 행님. 그라마 낼 언제 오실랍니까. 제 사무
실은 아시지예?

어. 넬 점심 묵고 개안나?

예, 행님 점심 잡숫지 말고 오이소. 저하고 식사하면서 이야기하입시다.

어… 그라까.

예. 행님. 그라마 넬 보입시데이.

우보는 일찍 일어나서 아침도 먹는 둥 마는 둥 하고 동백 서백 논물을 다 확인했다. 일찌감치 소 꼴도 챙겨 먹이고 제일 멀끔한 옷을 차려입고 읍내로 나갔다. 임야 매매, 땅 매매, 촌집, 국제결혼이 나란히 붙어 있는 유리문을 열고 들어갔다. 입구 책상에서 컴퓨터를 들여다보고 있던 여직원이 인사를 했다.

안녀하세여.

말끝이 이상해 다시 보니 한국 사람이 아니다.

어떠케 오셔써?

아, 저….

태석이 빈 담배를 물고 파디션 너머에서 얼굴을 내밀었다.

행님. 일찍 오셨네예?

어, 밥 묵자 해서.

와따 행님, 오늘 아가씨 만내는 날도 아인데, 이래 쫙 빼입고 왔습니까?

우보의 얼굴이 확 달아올랐다.

그냥… 함 입어봤다.

아이고 행님. 인물도 확 살고 좋네예. 아, 행님 여는 제 와이픕니다.

아, 안녕하십니까.

예, 반갑씁니다.

여자는 짧게 대답하고 자리에 앉았다.

행님, 이거 제 명함 하나 받으이소.

받고 보니 박태석 실장이다.

실장?

그냥 젤 만만한 거로 했습니다. 사장이라 하기는 좀 송시럽고.

이래 사업하마 사장 아이가?

사장님은 행님이지요. 농사도 크게 짓고, 소도 있고.

그거는 아니고.

허허, 행님, 중국집 예약해 놨습니다. 가서 이야기 하입시다.

그래.

둥근 식탁이 놓인 작은 방에 앉자마자 요리가 나
왔다.

행님, 낮에 빼갈은 좀 글코, 맥주 한 잔씩만 하까요?
요리에 물만 마시기는 쫌 글찮아예.

어. 그라자.

아이고 요리 식겠다. 일단 좀 드시지예?

태석이가 신소리를 하며 술을 따르고 요리를 떠서
건넸다. 술잔이 한 순배 돌고 팔보채와 탕수육이 비어
갈 때 태석이 말을 꺼냈다.

행님, 행님도 이래저래 들은 말도 있으실 거고, 제
가 단도직입적으로 말씀드리겠습니다.

어. 그래.

맥주를 들던 우보가 잔을 내려 놓았다.

저희 사무소에서 소개하는 아가씨는 베트남, 캄보
디아, 필리핀, 조선족 이래 있습니다. 나이는 20대부터
30대까지라고 보면 되고요, 일단 제가 각 나라 아가씨
사진을 보여 드립니다. 그걸로 행님이 나라를 정하면,
일단 그 나라로 갑니다. 가서 고른 아가씨 포함 세 명을
만나 볼 수 있습니다. 그중에 맘에 드는 아가씨 고르면

되고예. 동남아는 중개비, 경비, 신부 측 결혼식비 포함해서 삼천오백이고요, 조선족은 삼천입니다. 신부가 재혼이마 오백씩 깎이고요. 어째 보마 재혼하는 아가씨가 더 좋을 수도 있습니다. 재혼이라 캐도 대부분 서른도 안 됐고예, 시근도 더 있고. 뭐 그건 고르는 사람 마음이고예. 신부 측 결혼식비는요, 신부가 정해지마, 그 나라에서 아가씨 친척들 불러서 간단히 식 올리고 한국으로 델꼬 오거든요. 그쪽도 멀리로 딸 시집보내는 거니까 그 정도는 해야 됩니다.

그래, 글캤네.

한국 와서 따로 식을 한 번 더 올리든지, 그냥 혼인 신고만 하고 살든지, 그거는 행님이 알아서 하시면 되고요. 뭐, 걱정되시는 부분 있으시면 혼인 신고는 좀 천천히 해도 되고예.

걱정?

뭐, 그런 일이 잘 있지는 않는데요, 한국 국적만 따고 도망가는 여자들이 있거든예. 혼인 신고하면 국적 나오니까. 뭐 저희 사무소는 워낙 철저히 사람을 골라서 그런 일이 없는데, 사람 일 또 모르는 거니까 조심하는 것도 좋지요. 뉴스 같은 것 보고 불안하실까 싶어서 말씀드린 겁니다. 걱정하실 필요는 없고예. 정 불안하면 좀 살다가 혼인 신고하고, 통장 비밀번호만 안 가르쳐 주마 됩니다.

아, 그래.

그라고… 아무래도 동남아 아가씨가 좀 젊은 편입니다. 근데 말이 잘 안 되니까 처음에 좀 힘든 거는 있고요. 그라고 행님, 더운 나라 사람들은 우리처럼 부지런하지는 않습니다. 뭐, 말이고 일이고 살살 가르치면 젊으니까 또 금방 배우기는 합니다. 조선족은 말 통하고 부지런한 편이긴 한데, 좀 딱딱한 면이 있고요. 사람마다 다르겠지만 아무래도 공산 국가에 살다 보니 쫌 그런 느낌이 있지예.

글나.

행님 취향에 맞게 고르시면 되고요, 현지에 가서 일주일 정도 머물면서 아가씨들 만내 보고 결정하면 됩니다. 뭐 저랑 같이 여행 가서 선 몇 번 본다 생각하시면 되고요. 아, 행님, 여권은 있지요?

어? 아니, 없는데.

뭐 만들마 되지요. 이참에 미리 만들어 놓으이소.

그래.

글고… 조선족도 마찬가지기는 한데, 이야기 잘 되면 비행기 표 끊어 주고 인천으로 불러서 만나도 됩니다. 아, 그리고 결혼하고 한 일이 년 신붓집에 용돈을 좀 보내 주는 게 있거든요. 꼭 줘야 되는 건 아닌데, 대부분 그렇게 하더라고예. 사정 따라 하면 되겠지만, 보통 월 이삼십 정도 보내더라고요. 그 정도면 그 나라에서는 도움이 많이 되고예. 만약에, 현지에 가서 다 봐도 맘에 드는 신붓감이 없다, 그러면 경비 천만 원 빼고 나머지 비용은 돌려드리고요. 행님은 일단 경비만 내고 신붓감 정해지마, 나머지 주셔도 되고예. 대강 요정됩니다. 자세한 일정 같은 거는 나라 결정되면, 그때 제가 다시 안내 드리고예. 행님, 어째, 설명이 제대로 됐는지 모르겠습니다?

어? 어, 됐다.

말은 태석이가 다 했는데, 목은 우보가 탄다. 태석의 말이 끝나자 저절로 손이 맥주잔으로 갔다.

천천히 생각하시면 됩니다. 신붓감 고르는 일인데 신중하게 생각하셔야지요. 돈도 적은 돈도 아니고.

그래, 그렇지.

돈 이야기가 나오니 또 어머니 말이 떠오른다. '간

수 잘해라, 외국 여자는 만내지 말고!'

행님, 아가씨들 사진 가져 왔는데, 지금 한번 보실 랍니까? 일단 봐야 마음에 드는지 안 드는지 알 수 있지 않겠습니까?

아… 나는 외국 여자는 말이 안 통해서 좀 그렇고…

그럼 조선족 보면 되지요. 국적은 중국이라도 한국 사람이나 진배없습니다. 대부분 중국말 한국말 둘 다 합니다.

아, 글나.

행님, 그럼 일단 조선족 사진만 보실랍니까?

일단 어머니 말대로 베트남은 피했으니, 그나마 마음이 낫다.

어… 그래.

그렇게, 우보가 고른 사진 속 신붓감이 스물일곱 살 김신자다. 농사에 잠시 짬이 나는 처서(處暑) 즈음으로 만날 날짜를 잡았다. 고맙게도 태석이 경비도 줄일 겸 인천으로 불러서 만날 수 있도록 주선을 했다. 날짜에 맞춰 인천으로 갔다. 찻집에 들어서는 태석이 뒤로 가무잡잡한 얼굴에 서툴게 화장을 한 여자가 따라왔다.

키는 우보와 비슷하고 시원한 걸음걸이와 오똑한 코
에 똥그란 눈이 반짝였다.

행님, 이분입니다.

아 예. 안녕하십니까. 필우복입니다.

반갑습다. 김신잡니다.

북한 어투가 섞이긴 했어도 분명한 한국말이다.

예, 오시느라 고생 많으싯습니다.

아닙다. 여행 오는 것 같고 좋았습다.

허허, 두 분 잘 어울리시네요. 그럼 말씀 나누시고,
행님, 나중에 연락 주십시오.

어, 그래.

김신자 씨는 아까 말씀드린 숙소에 묵으시면 되고
요, 내일 시간 맞춰 공항 가서 비행기 타시면 됩니다.

예, 박 실장님. 잘 알갔습다.

그럼, 저는 이만 가겠습니다.

차라도 한잔 하고….

아닙니다. 귀한 시간인데, 제가 방해하면 안 되지
요. 두 분 즐거운 시간 되십시오.

총총히 사라지는 태석을 바라보다 차를 시켰다.

먼 길 오니라 피곤치요?

일 없습다. 진짜 여행 온 기분임다.

아 예, 다행입니다. 성함이….

김신잡니다. 김 신 자. 제 이름이 좀 촌스럽디요?

아니요, 그게 아니고, 제가 제대로 들었나 해서요.

울 외할마이가 지은 이름입니다.

아, 예.

울 오마니가 저를 배고 얼마 안 돼서 아바지가 명태 잡이 배 사고로 돌아가셨습다. 그래서 오마니의 오마니, 그러니까 제 외할마이가 늦게 낳은 막내딸 팔자 꼬일까 걱정했습다. 저를 떼 내고 오마니를 다른데 시집 보내려고 했었담다. 그때는 돈도 없고 남 눈도 무서워 병원은 못 갔담다. 그래서 감나무 위에서 뛰어도 보고, 약도 먹어 보고 했는데, 제가 절대로 안 떨어졌담다. 해도 해도 안 되니까니, 외할마이가 이러다가 딸까지 잡겠다 싶어 포기했담다. 그러면서 한 말이, '카미코(神子)구만. 고저 니 팔자다. 낳아라.' 이랬담다. 외할마이가 왜정 때 평양서 소학교를 다녀서 일본말을 곧잘 했담다. 그래서 일본 말 카미코를 조선말로 바꿔서 신자가 됐습다. 우습디요?

아니요, 아닙니다. 내도 원래 이름이 우복인데, 우

리 동네서는 얼라고 어른이고 다 우보라 부릅니다.

그건 어째 그렇슴까?

그게….

우보는 첫 만남부터 마음이 갔다. 신자의 스스럼 없이 싹싹한 마음씨와. 생전 할아버지와 비슷한 말투도 편안하게 들렸다. 신자는 스물다섯에 결혼했고 2년 만에 남편과 사별하고 홀어머니와 산단다. 아이는 없다고 했다. 태석에게 미리 들었지만, 그래도 괜찮냐고 다시 묻는 신자의 말에, 우보는 좋다고 했다. 신자라면 아이가 있어도 좋다고 생각했다. 신자같이 싹싹하고 젊은 여자가 스무 살이나 더 많은 자기와 살아 준다면, 거기다 자식도 같이 키울 수 있다면, 그것도 좋다고 생각했다. 내 씨면 어떻고 남의 씨면 어떤가. 나락도 통일 벼다 화성 벼다 섬진 벼다 여러 종자를 심어 봤지만, 결국 종자는 중요하지 않았다. 키우는 사람이 잘 들여다보고 정성을 들이면, 한 만큼 돌아오게 되어 있다.

첫 만남 후에 우보는 태석에게 잔금을 보냈다. 한 달쯤 후, 가을걷이를 끝낸 후에는 우보가 연변으로 넘어갔다. 태석의 안내에 따라 신자의 친척들을 몇 명 만나고 다녔다. 사흘 후에는 우보보다 다섯 살 많은 장모님을 모시고 연변의 어느 마당 넓은 집에서 결혼식을 올렸다. 일주일 뒤에는 신자를 데리고 동백리로 돌아와 마을 회관에서 잔치를 했다.

신자는 바지런했다. 잔치 다음 날부터 집안을 쓸고 닦았다. 기약 없이 걸려 있는 어머니의 옷가지와 짐을 박스에 넣어서 창고에 쌓았다. 도배며 장판을 다시 하고, 오래된 장롱과 가구를 버리고 새 걸로 들이자고 해서 우보는 그러자고 했다. 담벼락이며 대문에 페인트칠도 새로 하고 부엌 싱크대, 화장실 타일이며 변기도 새로 했다. 마당에는 판석을 깔고 잔디도 심었다. 싱크대가 들어오는 날 우보는 신자와 군청에 가서 혼인 신고를 했다. 바지런하게 집을 가꾸는 모습을 보며, 혹시나 하는 마음을 가졌던 게 미안했다. 신자가 온 지 두 달이 지나자 우보의 집은 다른 집이 되었다. 동네 사람들이 지나며 한마디씩 했다.

아따, 사람 하나 들왔다고 이래 딴 집이 되나?
글네, 이래서 집에 여자가 있어야 된다 안 하나.
머, 그카마 성님하고 내는 여자 아이가? 우들 집은

와 글노?

아인갑지 머. 우리도 젊을 때는 여자였것지.

성님, 내는 아직 여자다.

그래, 니 여자 해라. 집에 가서 꽃 숭구고 빼끼칠도 쫌 하고,

하이고, 고마 되다.

글체?

우쨌든 우보 좋것네. 색시가 손이 야물어 인제 잘 살것다.

아도 놓을랑가?

여자가 젊은데 하나 놔야 안 되긋나.

글치요?

반년이 되어 가도 아이는 생기지 않았다. 우보는 아이가 없어도 좋았다. 들에서 돌아와 신자가 한 맹숭맹숭한 반찬으로 밥을 먹고 TV를 보다 잠드는 것도, 아들을 못 알아보는 어머니를 보러 병원에 같이 가는 것도, 군청 다문화 학교에 신자를 데려다 주고 데리고 오는 것도 좋았다. 신자는 다문화 학교에서 한글을 남한식으로 다시 배우고 인터넷도 배웠다. 한글이고 인터

넷 쇼핑이고 금방 잘하게 되어서 택배 차가 자주 집에 들렀다.

모내기 철이 와서 우보가 트랙터를 몰고 온 동네를 누비고 다닐 때쯤, 신자의 어머니가 위독하다는 소식이 왔다. 우보는 자리를 비울 수 없어 신자만 다녀오라고 했다. 군 터미널에서 공항으로 가는 버스에 태워 보낸 신자는, 다시 돌아오지 않았다. 인터넷 뱅킹을 통해 우보가 모아 놓은 돈도 다 빼갔다.

우보는 태석을 앞세워서 연변으로 날아갔다. 공항 흡연실이 보일 때마다 담배를 태워 대던 태석이 참지 못하고 말했다.

행님, 내 이야기 했자네요. 통장 비밀번호는 갈치 주면 안 된다니까. 부부 간에도 그건 아이지. 내도 우리 마누라한테 안 갈치 주요.

니 탓은 안 한다. 걱정 마라.

연변에도 신자는 없었다. 동네 사람들 말로는 손주와 살던 장모도 두 달 전에 사라졌다고 했다.

동백으로 돌아오니 큰들 논에 물꼴을 트지 않아 논물이 그득했다. 못자리 논에 가 보니, 더 두면 모가 다 뜰 판이다. 우보는 서둘러 논물을 보고 이앙기를 끌고 다니며 못다 한 모내기를 했다. 모내기가 끝날 때쯤 집을 내놓았다. 신자 식으로 꾸며 놓은 집에서는 더 살 수가 없었다. 싸게 나온 집은 눈 밝은 외지 사람이 옳다구나 채 갔다. 우보는 제 몸 같은 트럭에 어머니의 옷가지와 물건이 담긴 박스를 싣고, 바람재로 들어갔다.

*

정배 아재 성화에 오랜만에 마을 회관에 갔더니, 혹시나가 역시나다. 비가 푸슬푸슬 오니 회관 술판은 저녁때까지 시끄러울 거다. 그나마 싫은 소리 듣기 전에 일어선 게 다행이다. 곧 추석이라 타작이 코앞인데, 나락 덜 여물 걱정은 않고 할배들은 태평이다. 집에 들어서니 빗줄기가 더 굵어진다. 찹찹한 습기에 곱은 손마디가 묵직해 온다. 숯불에 곱은 손도 쬐고 눅눅함도 없앨 겸 가마솥 방에 군불을 넣었다. 마른 콩깍지 타는 짜자짜작 소리가 소나무 장작 타는 타닥닥으로 바뀌는 걸 들으며 막걸리 병을 깠다. 회관에서 주머니에 넣어 온 땅콩으로 홀짝, 아궁이 속 소나무 숯이 알알이 빛나는 걸 쳐다보며 홀짝이는데 대문 두드리는 소리가 났다.

저기요? 계십니까?

아, 예. 잠시만요.

슬리퍼를 꿰어 신고 경중경중 뛰어가 대문을 열었다. 대문 밖에는 젊은 꺽다리 남자 하나와 올망졸망한 여자 둘이 우비를 입고 서 있다.

비가 이리 오는데, 무슨 일입니까?

안녕하세요. 이장님 소개로 왔는데요. 저희는 '토종 씨 보존회'라고 하는데요. 여기 가면 토종 씨 전문가가 계시다고 해서요.

문득 어제 농협 창고서 만난 정배 아재의 말이 떠오른다.

낼 너거 집으로 사람들 올 끼다. 무슨 토종 씨 머시긴데, 연구흰지 뭔지, 머 그 사람들이 토종 토종 해쌓길래 니 만내 보라 했다. 요새 토종이 어데 있냐고 해도 듣도 않고. 너거 어무이가 씨 받아 놓고 숭구던 기 생각나서 가 보라 했다. 니가 아는 거 있으마 좀 갈카 주라. 여자들도 몇 있더라.

제가 뭘 알아야지예.

내는 머 아나. 귀찮으마 대충 말해가 보내 삐리. 안
올 수도 있고.

예? 전문가요?

아, 네. 이장님이 이 동네 토종 전문가라고 하시던
데요.

거참… 그거는 아니고요. 그건 그렇고, 비가 이리
오는데, 일단 안으로 들어 오이소.

예, 감사합니다.

뜨락으로 올라선 셋은 비 맞은 참새처럼 함초롬하
다. 가운데 선 여자는 입술이 새파랗다.

쫌 더러버도, 요 방으로 드이소들. 요는 산이라 여
름에도 비 오면 썰렁해요.

아닙니다. 괜찮습니다.

우비 벗고 어여 드가이소. 감기 든다. 토종이고 머
고 일단 살고 봐야 안 되는교. 마침 군불도 땠고.

아, 네 감사합니다. 안 그래도 좀 추웠거든요. 그럼,
실례 좀 하겠습니다.

어여 드가이소들. 점심은 잡쉈는교?

아, 예. 저희는 먹었습니다. 이렇게 탐종 다닐 때는

주로 떡이랑 빵 싸서 다니거든요.

껑다리가 재빨리 대답했다.

날이 이래 냉한데, 그걸로 되는교. 좀 기다리 보소.

아니요, 안 그러셔도….

우보는 대답도 듣기 전에 부엌으로 갔다. 대충 쌀을 씻어 안치고 냄비에 된장을 풀어 시래기를 넣었다. 비 오고 으스스할 때는 뜨끈한 국물이 젤이다.

진짜 안 그러셔도 되는데,

여자 하나가 부엌으로 따라오며 말했다.

그래도 내 집 온 손님인데, 내도 점심 묵어야 되니까, 신경 쓰지 말고 방에 가 있으이소.

그럼, 제가 뭐 좀 도울까요?

뭐 짜달시리 할 것도 없어요. 촌집이라 부엌도 솔고.

아, 네. 그럼 뭐 시키실 것 있으면 부르세요.

예.

생각하니, 반찬이라고는 정이 할매한테 얻어 온 김치와 오그랑지(무말랭이)밖에 없다. 국이 끓을 동안 마당 남새밭에 가서 상추와 고추를 끊었다. 비를 듬뿍 맞아 씹는 맛이 아삭하니 괜찮을 것이다. 몇 장 따다 보니 머리 위로 우산이 씌인다. 돌아보니 껑다리다.

저희를 시키시지, 우산도 안 쓰시고.

아, 예. 개안습니다. 찬이 없어서….

안 이러셔도 되는데, 그럼 이건 제가 따서 씻겠습니다.

아, 예. 그람 그라이소.

상을 차려 내니 셋이서 맛있게 먹는다. 생각해 보니 바람재로 들어오고 나서는 첫 손님이다. 꺽다리는 얼굴에 아직 솜털이 남은 걸 보니 스물이 좀 넘었겠다. 여자 둘은 서른 중반이나 된 것 같다.

안 그래도 춥고 좀 힘들었는데, 너무 감사합니다.

요가 어데라고 걸어옵니까. 차로는 십 분이라도 동백서 걸어마 한 시간은 걸릴 낀데. 비도 오고. 요 동네 이름이 바람재라요. 높아가 바람도 이래– 한 번 쉬고 간다꼬.

예, 저희가 생각이 좀 짧았어요. 그래도 따뜻한 밥 먹으니 이제 살 것 같습니다.

김치에 시래깃국 가꼬 뭘 그랍니까.

아닙니다. 너무 잘 먹었습니다. 방바닥도 따뜻하고, 김치랑 상추도 너무 맛있습니다.

비 맞아서 연하기는 할 낍니다. 여름에는 상추가 젤입니다. 근데, 토종 씨 보존회? 그거는 뭐 하는 겁니까?

아, 우리 정신 봐. 따시고 배부르니 할 일도 까먹고. 저희는 토종 씨 보존회라고, 일종의 자원봉사 단체인데요. 이렇게 조를 짜서 전국에 있는 토종 씨 수집을 하고 있거든요. 수집한 씨는 특성에 맞게 분류하고, 다시 씨를 늘려서 각 지역에 보급해서 소득으로 만들 수 있는 방안도 연구하고요. 사실상, 요즘은 종자 회사가 독점 형식으로 종자를 보급하니까 종의 다양성이 많이 떨어졌거든요. 이게 굉장히 위험한 일이거든요. 종자가 다양하면 하나가 병들어도 다른 종을 농사짓고 하면 되는데, 종자가 하나면 그 하나가 병들면 다 망하는 거잖아요. 그래서 종자의 다양성을 확보해서 그런 위험을 미리 대비하자, 이런 취지로 저희가 이렇게 다니고 있습니다. 그리고, 원래 씨앗의 주인은 농민이잖아요. 종자 회사가 아니라. 그래서 원래 주인인 농민들에게 종자 씨를 돌려주자는 의미도 있습니다. 그래야 종의 다양성도 보존이 되고요.

엄청난 일을 하시는 분들이셨네.

아닙니다. 뜻만 그렇지, 사실 아직 성과가 별로 없

습니다. 먹고사는 일 하느라 여기에만 매달릴 수도 없고, 한 달에 한 번씩 이렇게 다닙니다.

욕봅니다. 근데 요새 농사, 종자 회사하고 기계가 다 짓거등요. 지가 기른 작물 씨 받아 가 내년 농사 준비하는 농부가 대한민국에 있겠는교. 혹시 있으마, 그놈은 내매로 홀애빌 끼라. 요새 그래 농사 지가 굶어 죽기 십상인데, 누가 거 시집을 오겠는교. 안 그런교?

아… 그래도 어디 토종 씨 있을 만한 분 없을까요?

내가 그걸 우째 알겠습니까. 고마, 달달한 커피나 한잔하고 가소.

그래도….

우보는 대답하지 않고 다시 부엌으로 가서 커피를 타 왔다.

감사합니다. 진짜 죄송한데요, 그래도 어디 토종 씨 가지고 계실 만한 분 없을까요?

우보가 꺽다리를 물끄러미 쳐다보다가 말했다.

미안소, 내가 비 오고 해서 낮술을 한잔 했더마, 말이 좀 징상 맞았지요?

아닙니다. 저희는 괜찮습니다.

정이 찾고 싶으마 방법이 있기는 해요.

아, 예. 그럼 그 방법을 좀….

도움이 될랑가 모르겠는데, 나도 더 해 줄 건 없으이 요고만 듣고 가소.

예, 알겠습니다.

토종 씨를 찾을라마, 돈 안 되는 걸 찾아야 돼요.

예?

큰 농사 짓는 사람들은 토종 종자 없어요. 농사 지가 팔 거는 뺀드그리하게 상품으로 맹글어 키와야 되거등요. 그랄라마 빨리 크고 종자 굵은 거삐 못 써요. 그라이 누가 큰 땅에다 토종 종자를 심겠는교. 얼라 때부터 묵어 본 거, 그런 거 묵고 싶은 사람들이 자기 집 마당이나 남새밭에 쪼매 승가가 해 묵는 기지. 안 그렇겠능교?

아, 예. 그렇겠네요.

그라이 토종 씨 찾을라마, 돈 하고 아무 상관 없는 마당 쪽밭이나 남새밭에 가서 찾는 기 젤이라. 옛날부터 하던 대로 씨 받아가 승구는 할매들도 있거등요. 근데, 요새는 그것도 잘 없어. 곰보배추고 깨고 정구지고 고추고 옛날 거 씨 받아 놓는 사람이 거진 없어요. 농사 짓는 사람이 씨 귀한 맘은 다 있어도, 요새는 씨 뿌리는 농사 누가 합니까. 다 모종 사가 하지.

그죠. 요즘은 종묘상 없으면 농사가 힘들죠.

그래도 가끔 있기는 있어요. 씨를 못 버리는 농꾼들도 있거등. 근데, 그기 언제부터가 토종인지 우째 알겠는교. 그냥 쫌 오래된 종자다, 요정도 삐 가치가 없을 낀데.

토종이 원래 그런 개념입니다. 인위적으로 개량한 종자가 아니라 자연 발생적으로 유지된 종자면, 시간적으로 오래되지 않아도 그 가치가 있습니다.

뭐 그라마 쪼매 찾아볼 수는 있을끼라.

혹시 누가 그런 씨앗을 가지고 계신지 아십니까?

뭐, 그거는 아니고요. 정확하다고는 못해도, 그 집 마당이나 남새밭 보면 대충 알 수 있거등요.

예? 그게 무슨 말이지요? 종자를 눈으로 확인한다는 말인가요?

아니, 그건 아니고요. 내가 뭐 그걸 본다고 다 토종인지 알지는 못하고요. 그 집이나 밭을 보고 언제부터 키운 종자인지 봐야지요.

아, 그렇군요. 근데 어떻게요.

그건 뭐, 촌집은 마당이나 남새밭 보면 집 주인 성

격이 나오거등요. 왜, 사람이 밖으로 나돌기 좋아하는 사람 있고, 집에서 가마이 있는 거 좋아하는 사람 있잖아요. 농사도 무조건 돈 되고 수월한 것만 하는 사람 있고, 돈 되는 거 따로 자기가 키우고 싶은 거 따로 하는 사람도 있거등요. 돈 되는 농사는 짓는 기 다 비슷해요. 근데 지 키우고 싶은 거 계속 키우는 사람은, 지만 아는 방법이 있어가, 고대로 짓거등.

그렇겠네요.

그라이, 돈 안 되는 농사 짓는 거는 당연히 마당이나 남새밭에서 지을 끼고, 그중에서도 깨끔하게 정리 잘 된 밭이면 있을 가능성이 더 높지. 종자 씨 받아서 모아놨다가 적기에 뿌리는 기, 그기 보통 정성으로 되는 기 아이거등요. 키워야지, 묵을 거 빼고 종자 받을 거 냉기야지, 씨 받아가 종자 습에 맞게 보관 방법도 마차야지. 생각해 보이소. 받을 종자가 열 개만 돼도 일이 엄청난 기라. 일도 일이지만 요즘같이 시키마 딱딱 갖다 주는 시상에, 이거는 마음만 있다고 못 하는 일인 기라. 타고난 성질이 그런 성질이 돼야 할 수 있는 일이거등요.

맞습니다. 저희도 해 보니까 보통 일이 아니더라구요.

그라이까네, 찾을라마 동네마다 요래… 댕기다가, 담 너머를 보는 기라요. 마당하고 집이 깨끔하고, 남새밭이 똑순이매로 똑바로 서 있으마, 그 주인을 만내 보는 기라. 그라마 가능성이 있지. 근데, 그런 사람들을 만내도 문제라.

왜요?

생각해 보소, 그리 깨끔한 성질이면, 지한테 그 종자는 하마 중한 종자 아이겠어? 그라이 잘 줄라 하겠어요? 모르긴 몰라도 돈 주고는 못 살 꺼러.

그렇겠네요. 그럼 그 종자를 구하려면 어떻게 하는 게 좋을까요?

머, 말을 잘 해야되겠지요. 그… 돈이 문제가 아이다. 이 종자가, 뭐 큰 의미가 있다. 우리나라 농업에, 신토불이에 장차 큰 보탬이 된다. 머 요런 의미로 설득을 해가, 쪼매씩 얻어 내는 기 젤일 것 같은데… 근데 그것도 쉽지는 않을 낍니다.

아, 또 왜요?

그 종자 주인들이 다 할매 할배들이자네요. 귀도 어둡고, 노망이 살짝 든 분들도 있을 끼고. 막말로, 살날도 얼마 안 남았는데, 나라고 신토불이고 자기하고 뭔 상관이겠는교.

아, 그렇군요.

우보는 남은 커피를 입에 털어 넣고 일어섰다.

인자 내 말은 다 했소. 비도 얼추 그친 것 같고, 커피들 다 묵었으마 고마 일라소들.

아, 네 선생님. 오늘 정말 감사합니다.

우보가 대문으로 나서며 말했다.

빨리들 나오소.

예? 아 예.

대문을 나서니 우보가 트럭의 시동을 걸었다.

빨리 타소, 둘은 안에 타고, 꺽다리 총각은 뒤에 타. 단디 잡고.

예? 아니, 괜찮습니다. 저희 걸어가면 됩니다.

또 한 시간 걸어갈끼요?

꺽다리가 냉큼 짐칸에 올라탔다. 두 여자도 못 이기는 척 차에 올랐다.

단디 잡아.

고함친 트럭이 푸들푸들 바람재를 내려간다. 골짜기로 뭉실뭉실 안개가 올라온다.

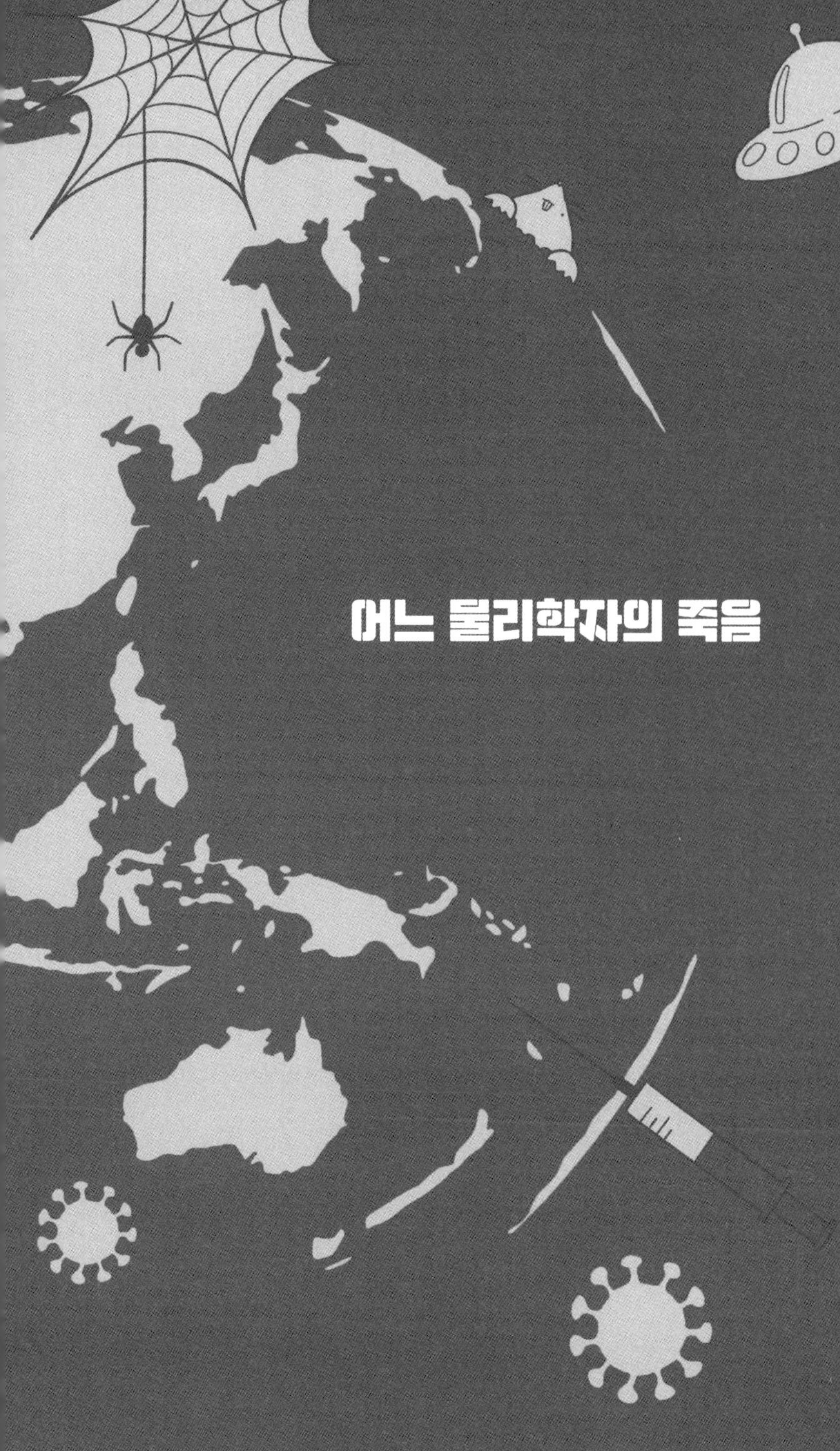

어느 물리학자의 죽음

*

너는 어디에서 왔지?

갑자기?

응.

흠… 언젠가 들었었던 질문인 것 같은데?

아마 그럴 거야.

아무튼, 그렇게 묻는다고 답이 뚝딱 나올까?

그때도 대답했으니까 안 나오진 않을 거야. 일단 말해 봐.

흠… 글쎄… 굳이 따져 보자면, 자궁? 그 이전에 미네랄? 그 전에 캄브리아기? 거기서 더 가자면… 빛, 가

스, 우주 먼지? 빅뱅? 그 이전은 상상되지 않는구면. 그
냥 난 빅뱅으로부터 왔다고 하지, 뭐.

흠… 여전하군.

따라하지 마. 근데 그렇게 묻는 너는 누구야? 갑자
기 어디서 나타난 거야?

난 너의 상상 너머에서 왔어.

흠… 이런 식이군.

아냐, 의심하지 마. 난 정말 거기에서 왔어. 사실 두
번째야, 모습은 좀 다르지만. 그사이 너는 그 작은 머릿
속에 쓸데없는 상상의 골목길을 더 많이 만들어 놨더
라고. 그래서 너에게 오는 게 더 늦어졌어.

뭔 소리야, 그만 꺼지시지?

그건 안 돼. 이번에는 너를 데리러 왔거든.

나를?

응.

왜?

물리적으로 말하면, 너의 심장 박동이 4분 전에 멈
췄거든.

잠깐, 뭐라고? 심장이 멈춰?

응. 지구 시간으로 정확히 48년 3개월 2일 17시간

2분 2초 동안 1,701,978, 503회 박동하고 멈췄어. 좀 낯설겠지만 잘 살펴봐. 아니, 인식하려 해 봐. 넌 지금 호흡이라는 행위를 하고 있지 않아.

어? 뭐야. 나 죽은 거야?

그렇게 말하기도 하고, 세포 분열을 멈췄다거나 공간을 점유한 시간의 형태가 사라졌다고도 하지. 뭐라고 해도 별 상관은 없어. 학교 뒷산 진달래꽃 무지 아래 엎드려서 멈춘 게 이제까지 너라고 인식한 형태야.

허, 이런 게 죽음이야?

응.

뭐 이래.

네가 평상시처럼 벤치에 앉아 봄볕을 즐겼다면 며칠 더 살았을지도 모르지. 그러게 왜 안 가던 산에는 오른 거야?

몰라. 창밖 산에 불그스름한 분홍이 점점이 보이니까 갑자기 진달래꽃이 보고 싶어졌어. 어려서 입에 넣었던 그 쌉싸름한 맛이 생각난 걸까.

흠… 뭐 어떻든 상관은 없어. 그 기억도 시간의 형태 속에 속한 거라 곧 소멸해. 지금 네가 기억한다고 인식하는 건 망막에 남은 잔상 같은 거야. 오늘 아침에 지구에 반사된 태양 빛이 이 은하(Milky Way)를 벗어나기도 전에 잔상도 다 사라질 거야. 눈 깜짝할 사이지. 내 말을 못 믿겠으면 떠올려 봐. 네가 가지고 있던 실망, 후회, 슬픔, 기쁨, 그리움 이런 것들.

어?

그렇지? 벌써 낯설지? 점점 두루뭉술해지다가 곧 다 사라져.

어쩌지?

어떡하긴 뭘 어떻게 해. 내가 여기까지 왔잖아? 이제 너는 나를 따라가면 돼. 미로 같은 너의 골목길을 빠져나가는 거지.

내가 왜?

너는 기억하지 못할 수도 있지만, 네가 날 불렀어.

내가?

응.

너를?

응.

알지도 못하는 너를?

그것도 두 번이나. 말했잖아. 너의 상상 너머에서 왔다고. 네 머릿속에 아직 남아 있는 잔상을 잘 살펴봐.

넌 언제나 빅뱅 너머를 기웃거렸어. 거기에 네가 온 세상이 있을지도 모른다고, 누군가 그 너머에 있다면 데리러 와 달라고. 너는 오래전에 떠나온 우주를 계속 뒤돌아봤어.

그런가? 나는 뒤돌아보기만 하다가 죽은 건가? 하긴, 밤낮으로 하늘을 쳐다본 것 같기는 해.

그렇지? 너는 오랫동안 상상 너머를 기웃거렸어. 그러니까 이제 나를 따라가면 돼. 아마 그곳이 너에게는 구원이 될 수 있을 거야.

그게 왜 구원이 되지? 상상 너머에서 왔다면, 내가 일찍이 경험한 적 없는 절망이 될 수도 있는 거잖아.

그럴 수도 있지. 근데 사실, 그런 건 중요하지 않아. 구원이든 절망이든 거기서는 별 의미가 없거든.

또 뭔 소리야?

흠… 굳이 설명이 필요할까? 어차피 곧 다 잊을 텐데?

일단 해 봐. 잔상일지 몰라도 지금의 나한테는 중요한 문제니까.

그래. 그럼, 감으로 하지. 감 알지?

먹는 감?

그래, 그 감.

그게 뭐.

흠… 상상해 보자고. 너는 어느 날 감을 먹다가, 갑자기 회의(懷疑)에 빠지고 말았어.

내가 왜?

그냥 예야. 인간은 누구나 회의의 골목을 가지고 있어. 그게 인간이니까. 너도 인간이고.

허, 참.

계속한다?

그래 해 봐.

먼저, 감의 소유권 문제야. 너는 감 껍질을 깎으며 생각해. 감은 감을 먹는 자의 것일까? 감을 키운 사람의 것일까? 아니면, 감을 사랑하는 사람? 지구의 것? 우주의 일부? 신의 것? 아니 그보다 먼저, 감은 누구의 것이 될 수 있을까? 되고는 싶을까?

그리고 두 번째는 감의 정체성 문제야. 감은 감이라고 불리지만 감마다 종이 다르고, 같은 종이라 할지라도 엄밀히 말해 다 다른 개체인데 말이야, 근데 감을 입에 물고 '감 맛이네'라고 말해 버리는 것은 옳은? 적확한? 일일까?

세 번째는 감의 목적에 대한 문제야. 씨앗이 자라 나무가 되고 꽃을 피워 암술과 수술이 만나 다시 종족 번식을 위한 씨앗을 만들어 내는데, 근데 감의 씨앗은 먹지 못하는 쓰레기로 버려지는 상황이란 말이지. 이 상황에서 감은 감이라고 불리는 것이 합당한가? 감은 감(感)을 잃은 생명체일까?

이렇게 여러모로 살펴봤을 때, 감은 감을 먹는 자의 것도 감을 자라게 한 자의 것도 아니라고 할 수 있고, 그 이전에 감이 누구에게 먹히느냐의 문제보다 감이라는 생명이 누구에게 더 절실한 것인가의 문제인지도 모르지만, 무엇보다도 감은, 누구에게도 먹히거나 절실한 대상이 되고 싶지 않았을 가능성이 크지. 이쯤 되면 감은 자기를 과일이라는 종으로 규정지은 인간에게 '픽유'를 날리고 에라 모르겠다 감식초나 되어야지 하고 심술을 부리고 싶겠지만, 감도 잃고 씨도 잃은 이 마당에 이게 다 무슨 소용이냐! 고 말하며 허무 속으로 도망치는 것과 같지.

도대체 뭔 소리야?

구원이든 절망이든 별 상관없다는 얘기야.

뭐가? 상상 너머가?

응. 거기에 도착할 때쯤이면, 그게 무엇이든 아무 의미도 되지 못할 거야. 그럼 아무것도 아닌 거지.

그럼 거기를 왜 가?

네가 나를 불렀으니까. 그래서 너를 데리러 온 거야.

그게 다야?

응. 너도 금방 익숙해질 거야. 이유 같은 건 원래 있지도 않았어. 그건 시간을 붙들어 놓기 위한 좁고 막다른 골목에 불과해. 생각을 형태로 붙잡아 두려고 이유의 벽돌을 만들고 그 벽돌로 쌓아 올린 골목이야. 그 속에서 어떻게 상상 너머를 알 수 있겠어. 무슨 말인지 알겠어?

글쎄… 말장난 같은데?

됐어, 이해에 대한 욕망도 곧 사라질 거야. 너는 그냥 나와 같이 떠나면 돼.

아냐, 난 아직 이유가 필요해.

무슨 이유? 너의 심장이 멈춘 지 4분, 아니 이제 12분이 지났어. 너는 형태를 벗어난 존재가 됐잖아. 남아 있는 기억의 잔상도 오늘 출발한 빛이 이 은하를 통과하기도 전에 사라져. 한순간이지. 그 전에 네가 알고 싶었던 상상 너머의 세계를 확인하는 게 최선이 아닐까?

최선?

응.

그곳에 도착할 때는 아무 의미도 없게 된다며.

아무 의미가 없다는 것과 아무것도 없다는 건 달라. 구원이든 절망이든 별 의미는 없겠지만 거기에 아무것도 없는 건 아냐. 거기엔 네가 모르는 상상 너머의 세계가 있지. 넌 줄곧 그 세계를 확인하고 싶어 했잖아.

흠… 네 말이 맞다면 지금 내 기억은 형태의 잔상에 불과하겠지? 근데, 지금의 나는 그 잔상으로 나를 증명할 수밖에 없잖아. 아냐?

그 말도 맞아. 다만, 그 증명도 곧 소멸돼. 하지만 그 후에도 너는 어떤 존재로 남아 있을 거야. 난 그때를 이야기하는 거야.

그럼 난 오늘 아침에 지구에 반사된 햇볕이 이 은하를 벗어나는 동안만이라도 지금의 나로 있고 싶어.

그게 의미가 있을까? 넌 심장이 멈추기 전까지 줄곧 빅뱅 너머를 궁금해했잖아. 기억이 남아 있을 때 확인하려고 애써야지.

몰라. 암튼 지금은 나로 있고 싶어.

설마… 무서워? 나하고 떠나는 게? 넌 죽었어. 물리적으로 멈췄다고. 네가 붙잡고 있던 시간의 형태와 그 속의 의미는 끝났어. 더 이상 무서울 게 뭐가 있지?

아냐, 그거하고는 좀 달라.

그럼 뭐야?

흠… 거 왜 있잖아, 저기 피어 있는 진달래 꽃잎 같은 거야.

꽃잎? 꽃이 왜?

꽃잎을 보고 있으면 꽃이 피어나는 게 믿기지 않거든.

그건 또 무슨 말이지?

꽃이 피어나는 것은 분명히 물리적 시간 속에 있잖아? 근데 꽃잎은 시간 속에 있지 않거든.

그건 센티멘털 아냐?

센티멘털이라고 하면 또 그럴 수도 있지만, 꼭 그렇다고만 할 수는 없어.

너 물리학자 맞아?

흠… 심장도 멈추고 호흡도 하지 않으니… 물리적인 법칙에서 벗어난 마당에 물리학자라고 하기에는 좀 어색하기는 해.

허, 참.

어쨌든, 시간은 때로 가혹하고 또 평화롭기도 하잖아? 그리고 관념이든 물질이든, 그게 무엇이든 끝내 아무것도 아닌 것으로 만들어 버리는 재주가 있잖아?

내 말이 그 말이야. 종국에는 의미 없음에 대한 의미도 없어진다고.

근데 꽃잎은 말이야, 시간의 마디에서 불쑥 튀어나온 관절염 같거든. 피어나는 물리적 시간 속에서 불쑥 튀어나와서 다 깨뜨려 버려. 시간을 깨뜨려 버리는 아름다움이야.

아름다움? 그게 뭐 어쨌다고, 그건 인상일 뿐이잖아. 좀 더 긴 기억의 잔상이 될 수 있을지는 몰라도 언젠가 사라지는 건 매일반이야. 아냐?

그렇겠지. 영원한 것은 없겠지. 하지만 네가 온 상상 너머 세계에서는 시간을 깨뜨리는 영원이 있을지도 모르잖아? 지금의 나는 그걸 생각해. 그래서 나는 아직 꽃잎이 중요해. 적어도 기억의 잔상이 다 사라지기 전까지는 그렇겠지.

흠… 지금이라….

어쨌거나, 좀 더 기다려 줘. 별로 어려운 일도 아니잖아? 기껏해야 지구를 떠난 햇볕이 이 은하를 벗어나는 정도의 시간이니까. 네 말대로 눈 깜짝할 시간이잖아?
흠… 그렇긴 한데… 거참….

아무도 아무도 없는

*

잠 너머로 TV 소리가 아득하게 넘어온다.

집계에 따르면, 우리나라의 연평균 실종 신고는 2만여 건이라고 합니다. 이 중에서 90퍼센트 정도는 다시 실종자를 찾고, 나머지 10퍼센트 정도가 미제 사건이나 사건 사고로 연결된다고 하는데요. 그중에서도 생사를 알 수 없는 미제 사건이 0.04퍼센트, 그러니까 연간 2천 명의 실제 실종자 중에 생사가 확인 안 되는 사람이 열 명 정도라는 말인데요. 그렇다면 박사님,

더 들을 수가 없다. 머리맡을 더듬어 TV를 껐다. 0.04퍼센트. 솔미가 사라진 지 737일이다. 어디로 사라진 걸까. 도대체 어디에 있을까. 살아는 있을까. 어디에 함부로 버려져 썩어 가고 있지는 않을까. 구석지고 야트막한 골짜기에 흐드러지게 핀 찔레꽃 넝쿨 아래, 솔미의 살을 파먹어 가는 구더기와 집게벌레의 집게, 단단하게 꺾이며 도미노처럼 밀려오는 지네의 관절이 머릿속을 기어간다.

강호는 서둘러 눈을 떴다. 후덥지근한 불쾌가 집 안에 가득 찼다. 베란다 쪽을 쳐다보니 흐릿하게 어둑하다. 소나기가 지나갔는지 피어오른 먼지 냄새와 습도가 베란다를 넘어 들어온다. 침대와 이불도 눅눅하다. 미영은 눈을 감고 있지만 숨소리가 불규칙하게 떨린다. 자세히 보니 눈자위가 젖었다. 머릿속 어딘가에서 0.04퍼센트를 그리고 있다. 상상과 절망, 희망과 텅 빈 위장 사이에서 우리는 언제까지 출렁거려야 할까.

미영이 팔을 뻗어 목을 감는다. 언젠가부터 출렁이는 눈동자에 실핏줄이 자글자글 깔리면, 누구랄 것 없이 서로를 더듬었다. 절망과 상상이 공포로 바뀌기 전에 서로의 입술과 몸을 정성 들여 쓰다듬었다. 습기와 온도가 만들어내는 땀방울이 촉각으로 부풀어 오르면, 강호는 미영의 몸속으로 미끄러져 들어갔다. 잘 먹지 않아 부스럭거리는 서로의 몸을 잇고 흩어진 영혼을 온몸으로 끌어당기면, 아득하게 공포가 무뎌졌다. 강호는 치골에 무게를 실어 미영의 둔부를 문질렀다. 미영의 공포와 상상을 짓눌러 압살시켜야겠다고, 그게 미영을 살게 하는 일이라고 생각했다. 미영도 강호의 푸석거리는 허리를 부여잡고 끌어당겼다. 강호의 허기와 공포를 품어야 한다고 생각했다. 그렇게 두근거리는 서로의 심장을 확인하는 짧은 시간 동안 평화가 왔다. 하지만 그 평화는 아주 잠깐이어서, 금방 지네의 가늘고 수많은 다리들이 스멀스멀 기어 나왔다.

이런 식의 자잘한 열기와, 다시 기어 나올 절망 따위는 둘 다 알고 있다. 그런 조건적 허무쯤은 아무것도 아니다. 단 한 번이라도 솔미를 다시 보는 것, 그게 안 되면 어디에 있는지라도 아는 것, 그것도 욕심이라면 어디서 어떻게 썩어 가고 있는지만이라도 아는 것, 그때까지 어떻게든 견뎌 내는 것. 그것만이 멸망보다 간절했다.

강호는

　인생의 행이 바뀌거나 문단이 바뀔 때마다, 아파트를 생각했다. 열아홉이 되어 보육원을 나왔을 때와, 미영과 살기로 마음먹었을 때가 그랬고, 솔미가 태어나자 그 생각은 더 간절해졌다. 택배를 받아 주는 경비가 있고 미영과 솔미와 함께 있을 때 안전할 것 같은, 흔해빠졌지만 아무나 가질 수 없는.

　솔미가 백일이 되었을 때, 강호는 대학 강사를 때려치웠다. 그동안 준비한 게 아깝다며 미영이 말렸지만, 더 이상 얄팍한 이상과 기약 없는 자리 욕심에 식구들을 희생시킬 수는 없었다. 그 후로 매일 달렸다. 새벽 4시 반, 알람이 울리면 그때부터 오른편 왼편 팔을 흔들며 달렸다. 처음은 수산 시장이다. 먹보수산에 도착해 매대에 물건을 내놓고 5시 손님들 주문에 맞게 식재료를 포장한다. 박스에 상호와 차 번호를 적어 주차장에 세워진 차 트렁크에 싣는다. 손수레를 끌고 이리저리 다니다 보면 금방 6시 손님이 닥친다. 다시 포장하고 주차장으로 왔다 갔다 하면 7시 반, 먹보 사장이 백반을 시켜 놨다. 사장은 먼저 시작했다.

박 기사, 어서 들어.

고등어구이 한 토막을 따로 덜어 놨다. 입에 넣고 씹고 삼키며 매대를 기웃거리는 손님을 신경 쓴다. 눌러 담은 밥그릇을 서둘러 비우고 숭늉으로 우물우물 비린내를 씻어 삼킨다. 사장이 건네는 인스턴트커피를 원샷하고, 다시 식재료를 포장한다. 이번에는 주변 술집과 식당 주방이다. 이리 쌓고 저리 쌓아 오토바이는 앉을 자리 빼고는 박스만 보인다. 부다다다 또 달린다. 뒷문으로 들어가고 숨겨 둔 열쇠를 꺼내 들어간다. 이 주방 저 주방 문을 열고 냉장고를 열어 재고를 확인한다. 정리되지 않아 재고 파악이 안 되면 냉장고 정리도 한다. 짜증 낼 틈은 없다. 손이 머리보다 먼저 움직인다. 한 바퀴 돌고 오면 9시 30분. 뜯어진 박스를 정리하고 매대의 빈 물건을 채우면 10시, 사장에게 인사를 하고 퇴근한다.

집으로 돌아와 세탁기를 돌려놓고 한숨 돌리며 이른 점심을 먹는다. 옷을 갈아입고 빨래를 널고 12시까지 학원으로 출근한다. 시간표를 확인하고 오후 1시부터 유·초등반 수업을 시작한다. 5시에 퇴근을 하고 버스 세 정류장을 걸어 6시까지 중등 단과 학원에 출근한다. 출근길에 단골 분식집에서 김밥 두 줄을 먹는다. 그리고 11시까지 수업을 한다. 주말에는 고3 과외를 두 팀을 돌리고 짬짬이 학원 보충 수업을 한다.

그래도 강호는 괴롭지 않았다. 세 식구가 아파트에 입주하는 날을 위해 다 참을 수 있었다. 그렇게 오른팔 왼팔을 힘차게 흔들며 5년을 달려서, 마침내 미영과 솔미와 택배를 지켜 주는 아파트로 들어갔다. 미영과 솔미는 집 안을 뱅뱅 돌아다니며 꺅꺅거렸다. 강호는 거실과 세 개의 방을 지켜 주는 이중 창호가 두꺼워 안심이 되었다. 그때부터 새벽 시장에는 나가지 않았다.

미영은

아파트 청약금을 완납했을 때, 엄마가 가지지 못했던 행복을 거의 손에 쥐었다고 생각했다. 바지런한 강호와 앞니 빠진 솔미가 있고, 이제 든든한 집도 있으니, 앞으로는 인생이 더 다정하게 흘러갈 것 같았다. 이제 새벽 4시 반의 알람이 강호를 새벽 시장으로 내몰지 않아도 되고, 잘만 하면 다시 대학에서 강의를 할 수도 있을 거다. 솔미는 단지 내 유치원에 다닌다. 예전에는 솔미를 태워 30분 거리의 어린이집에 내려놓고 러시아워를 뚫고 출근을 하면 하루치 에너지가 다 소진된 기분이었다. 이제 베란다에서 내려다보이는 유치원에 데려가면 선생님들이 문 앞에 마중을 나와 있다. 느긋하게 출근한 사무실은 여유롭기까지 했다. 코딱지만 한 출판사의 좁고 지저분한 탕비실에서도 기분 좋게 커피를 내리며 하루를 시작했다. 마감을 지키지 않는 시답잖은 작가들도, 주기적으로 꽥꽥 소리를 지르는 편집장의 히스테리도 귀엽게 넘길 수 있었다.

미영은 늘어진 티셔츠를 꿰어 입고 베란다에 섰다. 탁하게 검은 음영 속에서 창밖을 바라보고 있다. 눈동자는 또 멀리서 날아온 상상을 따라가 아득한 기억의 장소들을 훑고 있다.

불 켜?

아니. 이게 편해.

뭐 좀 먹을래?

난 괜찮아. 당신이나 먹어.

그럼 좀 있다 같이 먹자.

그래.

담배?

응. 근데 아랫집에서 또 뭐라 할 텐데?

뭐 어쩌겠어. 위층 없는 게 어디야.

예전의 강호였다면 절대 하지 않았을 말이다. 하지만 지금은 예전이 아니다. 그래, 뭐 어쩌겠는가. 뭐 어쩌면 또 어떤가. 그따위 것. 어차피 아파트는 아무도 지켜주지 않았다. 다정한 유치원 선생님도 근엄한 경비도, 솔미를 지켜주지 못했다. 이제 막 한글을 깨우치기 시작한 솔미가 놀이터 시소에 초록색 크레파스로 써놓은 '박강호'와 '강미영'만 튼튼히 박제해두고, 아무것도 지키지 않았다. CCTV에는 챙이 넓은 모자를 쓰고 하얀 강아지를 몰고 가는 여자와 그 여자를 쫓아 아파트 입구 쪽으로 걸어 나가는 솔미의 뒷모습만 남았다.

강호가 담배 두 개에 불을 붙여 하나를 건넸다. 흐린 하늘이 저녁이 되어 더 퀴퀴해졌다. 더위는 좀 누그러졌지만 대기에 습도가 가득하다. 길게 빨아 당기는 담뱃불 너머로 불빛들이 점점이 켜지기 시작한다. 미영이 난간을 잡고 쪼그려 앉는다.

괜찮아?

어, 그냥 좀 어지럽네.

한숨 같은 연기가 푸스스 흩어진다.

솔미는 도대체 어디에 있을까? 살아는 있을까?

살아 있어. 난 믿어.

그래. 미안.

미영이 다시 길게 연기를 들이쉬고 내뱉는다.

가마귀신이란 게 있어.

응? 뭐라고?

가마귀신. 들어본 적 있어?

아니. 없는데.

그래, 아마 없겠지. 나도 어릴 때 외할머니한테 들은 이야기니까. 웬만해서는 들을 수가 없지. 나 어릴 때 외할머니한테 맡겨져서 몇 년 시골에서 자랐다고 했잖아.

그랬지.

그때 들었어. 가마귀신 이야기는 순진하고 동시에 잔혹해. 왜냐면, 가마귀신을 만나려면 나 스스로 그 순진하고 잔혹한 이야기 속에 들어가야 하거든. 어려운 일이잖아? 근데 할머니 말로는 그때는 그 어려운 일이 종종 일어났대.

미영이 새 담배에 불을 붙였다. 손끝에 매달린 담배

가 가늘게 떨린다.

요즘 너무 많이 피우는데?

응, 다시 피우기 시작한 후로 좀 그렇네. 이거라도 피워야 마음이 좀 나아. 어쨌든, 다시 가마귀신으로 돌아가서?

그래, 다시.

내가 다섯 살인가 여섯 살이었는데, 그러고 보니 딱 솔미만 할 때였네. 할머니 따라 옆 마을 잔칫집에 갔어. 근데 그게 지나고 나서 생각해 보니 초상집이더라고. 나는 어릴 때 마당에 불 지피고 가마솥에 뭐 끓이면 다 잔치라고 생각했나 봐. 좀 자세히 떠올려 보면 상주들이 내던 곡소리도 들었던 것 같고, 할머니가 담배 말아 물다가 훌쩍인 것 같기도 해. 아마 할머니 친구 상(喪)이었나 봐.

이런 거 생각하면 내가 참 철없이 살았다는 생각이 들어. 어릴 때부터 세상을 나 좋을 대로 편하게 생각하고 산 것 같아. 세상 돌아가는 톱니바퀴에 항상 얹혀 있었는데, 나만 다르다고 착각하고 산 거지. 은근히 남들한테 다르다고 자랑도 하면서 말이야. 생각해 보니 울 엄마도 그랬던 것 같아. 자기 인생이 남들과 다르다고 생각해서 늘 외로웠어. 그림만 그리다가 아빠하고 이혼했어. 아빠는 끝까지 자기만 아는 사람이었던 것 같아. 어떻게 생각해 보면 어린애 같기도 하고. 자기 딸한테 말 붙이는 것도 어색해했거든. 엄마는 이혼하고 좀 있다 자살했어. 한겨울에 철원 들판에서 수면제랑 같이 발견했는데, 머리하고 큰 뼈 몇 개만 찾았어. 경찰 말 듣고 난 바로 알았지. 엄마는 대머리독수리에게 자기를 줬어. 그게 자기에게 어울리는 죽음이라고 생각한 거야. 대머리독수리를 좋아했거든. 그 후로 다시 외할머니하고 살았어. 어차피 중학생 때부터 기숙 학교에 있었으니까 방학 때만 몇 달 같이 산 거지. 외할머니는 나 대학 입학하고 풍을 맞았어. 몸을 못 움직이게 됐다는 걸 알고 난 후로는 아무것도 안 먹었어. 영양 주사, 뭐 이런 것도 고래고래 고함까지 질러 가며 끝까지 안 맞았어. 곡기 끊기 전에 나한테 뭐라고 한 줄 알아?

미영아,

응?

우리 강새이. 할미 걱정은 하지 마래이. 죽는 거는 소쩍새 우는 밤중에, 산으로 혼자 걸어 드가는 거하고 비슷해. 쪼매 외로바도 무서불 건 없어. 거도 뭐등가 있을 거니까. 없으마 없는 대로 또 개안코. 인제 우째 살꼬 막막하제? 걱정 마라. 우째 다 살아진다. 착한 남자 만내고, 우쨌든동 사는 동안 재밌을라고 노력해야 되는 기라. 그냥 되는 건 없더라꼬. 할미 제사는 지내지 말고.

그러고 보름 만에 돌아가셨어. 결국, 할머니도 자살한 거지. 그 엄마에 그 딸이지. 좀 이상한 집안이지? 나도 자살하게 될까?

한 집 건너 사연 하나씩 있어. 외할머니가 쿨했구면. 억지로 이상하게 만들지 마. 그것보다 가마귀신은?

아, 미안. 또 샜네.

할머니 친구 상(喪)까지 했어.

그래, 어쨌든 그때 난 할머니 옆에 앉아서 고기도 먹고 부침개도 먹고 좋았어. 그러다가 뭐가 매워서

할매, 물.

이러면, 할머니가 한번 휙 둘러보고는

아나.

이러면서 마시던 막걸리 줘. 바쁜 손에 손주 물심부름까지 시키기 뭣했겠지. 어쨌든 난 납죽납죽 한 모금

씩 받아 마셨어. 그러고는 해가 기울 때쯤 술 취한 손녀
와 할머니가 손잡고 비틀비틀 집으로 돌아와. 지금 생
각하니 좀 웃기네. 어쨌든, 오는 길에 얼근한 할머니가
웅얼웅얼 노래를 불렀어.

둥글 둥글 둥글레야 그믐사리 꽃 달아라 가마구신 댕기 간다
둥글 둥글 둥글레야 가마구신 부르면은 조롱조롱 대답 마라
둥글 둥글 둥글레야 깔딱깔딱 대답하면 가마소(沼)에 끌리
간다

그래서 내가 물었지.
할매, 가마구신이 뭐야?
뭐? 가마구신? 아이고 우리 강새이, 무서불 낀데. 개
안캤나?
그러고는 주저리주저리 이야기를 해.
우리 동네 또랑, 저 백천(白川) 따라 5리쯤 내려가면
가마소가 안 있나. 기염(巖)돌이라고 바우 베름빡 따라
물 돌아가는 자린데, 가마솥매로 둥그마니 깊어서 맨
날 물빛이 시커매. 물이 대구빡 가마매로 휘휘 돌기도
하고, 그래서 가마소라 캐. 여름에 큰물 나서 사람이 잘

못 쓸리 가마, 고마 물 빠질 때까지 찾을 수가 없거등. 물 빠지고 물길 따라 이래저래 찾아 내리가마, 열에 아홉은 가마소 바닥에 안 있나. 큰물 져도 가마소 바닥에 까라앉으마, 물이 이래– 돌아서 더는 안 떠내리 가. 그 가마소 속에 구신이 안 사나. 그기 가마구신이라.

요새는 그런 일이 잘 없지만도, 할미 어릴 때는 동네에 사람이 없어질 때가 있었거등. 큰물에 쓸리 가 뿌거나 산태가 나서 묻히거나, 재 너머 학교 댕기오던 아가 늑대에 물리 가거나. 우쨌든, 그래 동네에서 누가 없어질 때가 있어. 그럴 때는 동네 사람이 전부 나서서 찾는데 당최 못 찾을 때가 있어. 찾다 찾다 못 찾으마 사람들이 슬거머이 손을 놓거등. 그라마 식구들만 애가 달아 이러지도 저러지도 못하는 기라. 그라마 딱 마지막 방법을 써 보는 기지. 그기 바로 가마구신한테 물어보는 기야. 근대 이 구신을 만낼라마, 꼭 지키야 되는 법이 있거등. 깜깜한 그믐밤, 그라고 시(세) 번. 그기 법이야. 그라고 구신한테 홀리가 밤새 같이 놀아 주야 돼. 놀다 가 쪼매 친해지고 나마 다 알리 주는 기라. 이 난리가 어데서부터 잘못돼서 일어난 긴지. 그래도 절대 정답은 바로 안 알리 주는 기라. 그래야 홀린 사람이 더 듣고 싶어 안달하거등.

우쨌든, 가마구신을 만낼라마 달도 없는 그믐밤 자시(子時)에, 가마소에 가서 가마구신을 불러야돼.

할매, 자시가 뭐야?

머? 자시? 아이고 우리 강새이 알고 잡은 거도 많네. 자시는 한밤중이지. 시계로 치마 밤 12시. 니 코– 하고 자는 때. 알겠나?

어.

아이고야, 야그를 오데까지 했노?

가마구신 부르는데.

아, 그래. 그래가 구신아 놀자, 가마구신아 놀자. 가마구신아 놀자. 요래 세 번 부르고 기다리마, 고마 물소리가 잠잠하이 멈추고, 컴컴한 물속에서 목소리가 들리는 기라. 근데 이 가마구신은 누가 지를 왜 불렀는지 다 아는 기라. 그라이 지를 부른 사람 이름도 다 알아. 우리 강새이 같으마 '미영아' 요래 부르겠지. 그런데 요때 한 번에 대답을 해 삐리마 안 돼. 꼭 이름을 세 번 부를 때까지 기다리야 돼. 그라니까 '미영아 미영아 미영아' 요래 세 번을 부르고 나면 대답하는 거야. 안 그라마 고마 싹 홀리가 물속으로 끌고 드가 뿌는 기라. 우쨌든 세 번을 기다린 다음에 '어 내다' 대답하마, 고마 물소리가 다시 들리고 부른 사람 몸으로 가마구신이 쑥 들어오는 기라. 그라고는 찾고 있는 사람한테 델꼬가. 근데 그냥 가는 기 아인 기라. 이 구신은 오랜만에 얻은 사람 몸이 반가바서 장난감매로 이리저리 가주 놀아. 그래 놀며 가며 구신이 모타(모두) 이야기해 주는 기라. 이 난리는 어데서 시작됐고 우짜다 요지경까지 왔는지, 싹 다 말해 주. 그라마 구신 씌인 사람은 후회도 되고 설바서 눈물이 줄줄 흐르는 기라. 그런데도 계속 실실 웃어. 미친 것매로 울다가 웃다가 하는 기지. 그래가 밤새 산으로 들로 놀이 삼아 끌고 댕기다가, 새벽이 이래– 밝아 오마 그제사 찾고 있던 사람 있는 데를 알리 주. 그라고 지는 쏙 빠져나가 삐는 기라. 그라마 그리로 찾아 가가 찾던 사람이나 유품 될 만한 거를 발견하는 기야.

아이고 숨이야, 후–

할매 숨차?

그래, 숨차네. 그래도 할미 개안타. 걱정 마라.

근데, 니 안 무섭나?

하나도 안 무섭다.

아이고 우리 강새이 장군감이네. 그래도, 가마구신 한테 홀릿던 사람은 까딱하마 정신이 반은 나가. 잘못 하마 죽기도 하고 그래. 그라이까네 절대 가마구신을 만내면 안 돼. 죽은 사람은 보내주고 산 사람은 산 사람 끼리 살아야지. 죽은 사람한테 그리 애쓰고 매달리면 안 돼. 하긴, 그기 그래 마음대로 되마 그런 일이 생기겠 냐마는. 우쨌든, 동네 아들이 떡 감으로 가마소 가자 하 마 절대 따라가면 안 돼, 알겠나?

어. 할매.

아따 우리 강새이 착하네. 그래, 어여 집에 가자.

그러고는 할머니는 다시 노래를 흥얼흥얼 불러.

둥글 둥글 둥글레야……

그러니까, 가마귀신을 만난다는 건 목숨을 걸고 사 람을 찾는 방법인 거지. 이상하고 어려운 일이잖아? 근 데 그 어려운 일이 그때는 종종 일어났다잖아. 왜 그랬 을까? 사람이 점점 많아진 탓일까? 왜냐면, 귀신은 인 간에게만 속한 비극이잖아. 생각해 보면 산이며 바다 며 귀신들이 그득그득하잖아? 온 세계가 비극인데, 그 비극을 확인하기 위해 또 다른 비극을 만들어 내는 일을 반복하는 건 어떤 심사지? 사실, 사람들은 비극이 자기 앞에 서기 전까지는 모두 모른 척하고 살잖아. 그런데 가마귀신을 찾는 건, 최악을 떠올리고 그리로 엉금엉금 기어가서, 기어이 비극을 완성시키는 꼴이잖아. 비극 다음에는 행복 비슷한 게 올 거라고 믿으면서 말이야. 믿음이라는 단어 자체가 가장 비극적인데, 그렇잖아? 이쯤 되면, 비극은 인간 그 자체인 걸까? 근데, 우리도 그런 믿음에 빠지면 솔미를 찾을 수 있을까? 가마귀신을 만나 볼까? 당신은 어떻게 생각해?

진심이야?

응. 만약 진짜라면? 어떤 거라도 알 수 있다면 어떡해? 우리 해 볼까? 난 솔미도 찾아야 하지만, 우리가 왜 이런 일을 당해야 하는지가 더 궁금해. 처음에는 솔미만 찾으면 뭐든 상관없었는데, 이제 알아야겠어. 왜 우리가 이렇게 당해야 하는지. 뭔가 이유가 있다면, 납득이 된다면 다 포기할 수 있을 것 같아. 당신이랑 내가 어떻게 살았는데. 우리가 뭘 잘못했는데. 이 아파트 사려고 우리가 얼마나 힘들었는데. 당신은 납득이 돼?

미영의 눈동자가 이리저리 흔들린다.

진정해, 그 이야기는 누가 봐도 동네 아이들 겁주려

고 만든 이야기잖아. 아냐?

맞아, 맞는데…… 혹시 진짜면? 그러면 어떡해?

'혹시'라는 단어가 떨리는 미영의 입에서 나왔다. 더 이상 이해는 필요 없다. 이해의 범위를 벗어난 방법만이 상황을 설명할 수 있다.

하, 난 모르겠다. 어떻게 하는 게 좋을지. 일단 뭐 좀 마실래?

당신 마셔. 난 이따가.

그러지 말고 뭐 좀 먹어.

그래, 당신 먹는 거 한잔 줘.

미영은 다시 담배에 불을 붙인다. 눈은 다시 먼 곳을 향한다.

나 사실, 요즘 꿈에 솔미가 보여. 무거운 물속에 누워 있어. 살은 없고 뼈만 남았는데, 난 그게 솔미인 줄 금방 알아. 이상하게 무섭지는 않아. 바닷속인지 강 속인지 연못 속인지 모르지만 난 알아. 그게 가마귀신의 장난이란걸. 그러면 나는 캄캄한 그믐밤의 들판으로 나가 뛰어. 뛰면서 귀신을 불러.

귀신아 놀자. 귀신아, 가마귀신아 놀자.

그러면 가마귀신이 솔미 모습으로 나타나. 붉게 상

기된 얼굴로 날 세 번 불러.

미영아 미영아 미영아.

그래, 솔미야 왔어? 어디 아픈 데는 없어? 배는 안 고 파? 이것 좀 먹어.

하고 내 주머니에 든 젤리를 꺼내서 건네. 그 왜, 솔 미가 좋아하던 왕꿈틀이. 그러면 귀신이 그걸 받아 들 고 이렇게 말해.

너 나 좋아해?

몰라. 모르겠어.

정말 모르겠더라고. 내가 이 귀신을 좋아하는 건지. 필요해서 내가 이용하려는 건 분명한데, 그게 가능할 지도 모르겠고. 눈앞에 솔미같이 생긴 귀신을 이용해 서 솔미를 찾아야 하니까 이 귀신과 놀아야 하는데, 그 러려면 진짜 좋아해야 할 것도 같고 그랬어. 아니, 벌써 좋아하고 있는 것 같았어. 그래서 우물쭈물하고 있었 거든. 근데 귀신이 꽤 쿨하더라고.

그냥 같이 놀자.

그래 같이 놀자.

그러고 나니까 불빛 보고 날아드는 곤충처럼 다른 귀신들이 날아들어 어깨를 툭툭 쳐.

미영아 너는 뭐 좋아해?

몰라, 모르겠어. 솔미야, 아니, 귀신아, 그냥 솔미만 좀 찾아 줘.

대답하고 캄캄한 그믐의 밤 속을 계속 봐. 보고 있으면 어둠과 복잡하게 날아드는 곤충 사이를 뚫고 당신이 슥 나타나. 그리고 귀신에게 온갖 욕을 다 해 대.

근데, 씨발, 도대체 우리 솔미는 어디 있냐고? 어? 야 이 개새끼야. 좆같은 새끼야. 빨리 대답 안 해? 죽고 싶어? 아, 아니지, 귀신 새끼가 또 뒤질 리는 없고, 암튼 야 이 새끼야. 빨리 말해! 빨리!

난 당신이 욕하는 거 처음 보는데, 이상하게 전혀 놀랍지 않아. 그런 내가 더 놀라워서 어쩔 줄 모르고 있는데, 갑자기 당신이 털썩 무릎을 꿇어. 그러고는 싹싹 빌어.

미안, 내가 잘못했어. 제발 알려 줘. 내가 이렇게 빌게. 아니 빌게요. 말해 주면 평생 모실게요. 날마다 제사도 지내 주고 다시는 욕하지 않을게요. 제발 알려 줘요. 우리를 봐요. 우리는 살을 맞대고 썩어 가고 있어요. 제발 우리를 여기에서 꺼내 줘요. 알려 주면 이제 아무도 당신을 나쁘다고 말 못하게 될 거야. 내가 그렇게 만들 거야. 내가 당신을 지킬게. 나를 믿어. 내가 죽을 때까지 기념할게. 제발 알려 줘요. 솔미가 어디 있는지.

그러면 나도 당신 옆에 털썩 꿇어앉아 같이 빌어.

제발 알려 주세요. 이 사람 나쁜 사람 아닙니다. 약속도 꼭 지킵니다. 그러니까 좀 알려 주세요. 이 사람이 못 지키면 저라도 꼭 지킬게요. 제발요. 도대체 왜 우리가 이런 꼴을 겪어야 해요?

그러면 솔미인지 귀신인지가 실실 웃어. 이렇게 어깨까지 들썩거리면서 키들키들 웃어. 그걸 보다가 잠이 깨. 이렇게 두 손을 싹싹 빌면서.

미영이 두 손 비비는 시늉을 한다. 담뱃재가 툭 떨어진다.

자,

어?

홍차, 꿀 좀 탔어.

응.

일단 좀 마셔. 담배 좀 놓고.

그래.

미영은 재떨이에 담배를 비벼 끄고 홍차를 후루룩 마신다. 달콤하고 떫은 액체가 까끌한 목구멍을 어루만지며 넘어가자 웅크린 어깨가 스르르 풀린다.

맛있다.

해 보자.

응?

가마귀신 불러 보자고.

정말?

그래. 그게 뭐라고. 이제까지 한 일을 생각해 보면 그렇게 어려운 일도 아니잖아? 그믐에 거기 가서 부르면 되잖아. 일단 해 보는 거지. 진짜인지 가짜인지 해 보면 알겠지.

정말? 당신 괜찮겠어?

괜찮아. 꿈에까지 나올 정도면 어떻게든 확인을 해야지. 안 그럼 너 계속 신경 쓰이잖아. 안 그래?

맞아.

그럼 해. 뭐 어찌 됐든 저번에 그 무당보다는 낫겠지.

아, 그 무당.

저물녘 시작한 징 소리가 달이 중천에 오도록 계속
됐다. 무당은 징 소리에 맞춰 방울을 흔들며 한참을 뛰
었다. 그러고는 흰 천에 낫을 매달아 바다로 던졌다 당
기기를 반복했다. 뭐가 잘 안 되는지 수십 번을 던졌다.
그러다가 땀을 뻘뻘 흘리며 눈을 살짝 뒤집는 듯하더
니 멈춰 섰다. 징잡이가 오셨다고, 손 모으고 빌라고 했
다. 미영과 강호는 배운 대로 손을 비비며 머리를 굽신
거렸다.

불러 보소. 딸 이름.

징잡이가 다시 말했다.

솔미야? 엄마야, 아빠야. 솔미야?

계속 굽신거리며 불러도 무당은 아무 말이 없었다.
그렇게 달빛 아래 한참을 말없이 서 있다가 뒤집힌 눈
동자가 돌아왔다.

오긴 왔는데 아무 말도 안 해. 어둡고 축축한데 아
무 말을 안 해. 말을 못 하는 상황이거나 말하기 싫은 거
야. 이러면 오늘은 안 돼. 손 없고 따신 날 잡아서 다시
해야 해.

다시요?

어, 영이 따뜻해야 말을 한대. 이러면 어쩔 수가 없어.

그럼 비용은요?

이번에 5백 냈으니, 다음에는 3백만 내. 준비는 똑같아도 사정이 이러니 나도 다는 안 받아.

뺨이라도 한 대 후리고 싶은 걸 꾹 참고 집으로 돌아왔다.

아직 있대!

뭐가?

가마소.

미영이 가마소를 검색했다.

백악기에 형성되었다는 백천구곡은 거대한 화강암 암반대로 수만 년 동안 침식을 거듭하며 수려한 풍경이 되었다. 예부터 지나는 사람들의 탄성을 자아냈다고 한다. 조선 시대에는 벽계수가 돌아 나가는 곳마다 정자가 지어지고, 자연을 즐기는 양반들의 풍류도 같이 흘렀다고 한다. 하지만 불과 수년 만에 백천구곡의 수려함은, 낡고 쪼그라든 양반 탕건같이 체면만 남게 되었다. 계곡을 따라 도로가 나고 여기저기 펜션에 캠핑장,

무인 모텔도 지어졌다. 그것도 모자라 산을 뚫고 나와 계곡을
가로질러 건너편 산으로 들어가는, 높고 거대한 고속 철도 교
량도 지나간다. 이제는 물길이 틀어져서 그 많던 소(沼)도, 너
럭바위들도 모래나 자갈에 묻혀 버렸고 유량도 백천구곡이라
부르기 민망하다. 그나마 유일하게 명맥을 유지하고 있는 소는
운 좋게 도로에서 멀리 떨어진 가마소밖에 없다.

가마소는 아직 있대.
그래, 다행이네.
우리 딱 이번까지만 해 보자.
그래.

마른장마가 이어지고 있습니다. 오늘은 대체로 고온 다습
하고 국지적으로 소나기 내리는 곳이 있겠습니다. 자외선 지수
도 높습니다. 될 수 있으면 낮 시간 야외 활동은 피하시는 게
좋겠습니다.

기상 캐스터의 말을 들으며 시동을 켰다. 차 안은
아침부터 뜨겁게 데워져 있다. 창을 내리고 내비게이
션에 백천구곡을 쳤다. 강호가 모자와 물을 챙겨 들고

조수석에 앉는다.

내가 할까?

아냐, 괜찮아. 가다가 교대해.

그래.

에어컨을 켜니 엔진음에 웅 소리가 덧붙는다. 시내를 벗어나니 짙은 초록색 산 위로 적란운이 뭉글뭉글 올라간다. 간간이 매미 소리도 올라탄다.

소나기가 올 수도 있겠다.

그렇겠네.

서늘한 에어컨 바람 속에서 이글거리는 고속 도로를 두 시간 달리다가 휴게소에 들렀다. 강호가 운전대를 받았다. 고속 도로를 내려와 국도를 달리니 금방 큰 댐이 나왔다. 길은 댐 구비를 따라 상류로 이어지다가 계곡을 거슬러 올라갔다. 예전에 없던 길이다. 재를 넘어와 외따로 길을 따라와서 국도의 종점인 동네였는데, 이제 아래에서도 길이 뚫린 모양이다. 조금 더 달리니 '80리 백천구곡'이라는 표지판이 나왔다.

좀 천천히 가 봐. 너무 오랜만이라 잘 모르겠어.

응, 알았어.

속도를 늦추니 뒤차에서 금방 경적을 울렸다. 깜빡

이를 켜고 뒤차를 먼저 보내고 다시 백천을 끼고 거슬러 올라갔다. 산등성이 따라 잘린 하늘 모양과 무너져 내릴 듯 서 있는 바위산이 눈에 익었다. 길은 계곡과 멀어졌다가 가까워지기를 반복했다. 한참을 달려도 가마소는 나오지 않았다. 익숙한 이름의 마을 표지석을 확인한 다음에야 지나친 것을 알았다. 다시 차를 돌렸다. 크게 돌아가는 도로 너머로 조잡하게 세워진 장승들을 보니 장승배기 자리다. 그렇다면 조금 더 내려가면 기염돌 절벽이 보일 것이다. 천천히 차를 몰아가니 멀리 바위 절벽이 보인다. 도로가 계곡을 멀리 벗어난 탓에 물길은 보이지 않는다. 그 웅장하던 절벽도 작은 돌벽처럼 보인다.

세워 봐.

여기야?

강호가 갓길에 차를 세웠다.

이 근처 같아. 저기 바위 절벽 보이지? 저기가 기염돌 같아.

생각보다 작네? 이야기 들을 때는 굉장한 절벽같이 들렸는데.

그러게.

일단 가 보자.

국도를 벗어나 차가 겨우 지날 정도의 농로를 5분 남짓 달리니 길이 끝났다.

걷자.

그래.

차 문을 여니 농익은 더위가 온몸을 휘감는다. 계곡 쪽으로 향하니 농로가 끝난 곳에 사람이 다닌 흔적이 있다. 자갈밭 사이로 난 길을 따라 걸었다. 발 딛기가 불편해 눈이 땅으로만 갔다. 자갈들 사이 작은 모래톱에 앙증맞은 개미지옥이 옴폭 옴폭 파여 있다. 땀방울이 후드득 떨어졌다. 지옥 끝에서 나온 갈퀴가 재빠르게 땀방울을 낚아챘다가 도로 뱉어낸다. 눈을 들어 보니 어느새 기염돌이 눈앞에 들어왔다.

가까이 오니 웅장하네.

그래. 저기야, 가마소.

미영이 가리켠 곳을 보니 커다란 바위 절벽 아래 물이 돌아가고 있다. 물이 돌아가는 너럭바위 사이에 모래가 그득 쌓였다. 깊이가 허벅지 남짓 닿을 것 같다. 소라고 하기에는 너무 초라하다.

너무 얕네.

미영은 대답하지 않는다.

너럭바위 보니 예전에는 대단했겠는데?

미영의 표정이 일그러진다.

이래도 있을까? 가마귀신.

글쎄.

이건 너무하잖아. 어떻게 이래?

진정해, 아직 몰라. 밤에 다시 와 보자. 그믐밤 자시라며. 그때 불러야 한다며.

우리가 뭘 그렇게 잘못한 건데? 도대체 왜 우리한테만 이러는 건데? 어?

기어코 주저앉은 울음이 터진다. 강호는 기염돌 절벽을 올려다보며 어딘가에서 키득거리고 있을 것 같은 가마귀신을 찾는다. 초라한 백천의 물소리와 직박구리의 가늘고 긴 울음에 미영의 울음이 겹쳐 절벽에 부딪는다. 부딪는 절벽 기슭에 소복하게 피어 있는 찔레꽃 무지가 눈에 들어온다. 지네 다리 같은 상상들이 슬금슬금 기어 나오기 시작한다. 어디에 있을까, 솔미는. 도대체 어디로 사라진 걸까. 강호는 자갈을 하나 주워 들었다. 한낮의 햇볕에 달궈진 온도가 손바닥에 뜨겁게 들러붙는다. 강호는 더 세게 돌을 움켜쥐었다. 네

까짓 게 뜨거우면 얼마나 뜨겁겠어. 더 세게 쥐어 주마. 이제 그것밖에 할 수 있는 게 없다.

갑자기 미영이 벌떡 일어나서 눈가를 훔친다.

그래, 아직 몰라. 불러 봐야 알지. 밤에 다시 오자.

괜찮아?

응, 괜찮아. 여기까지 왔는데 끝까지 해 봐야지.

강호는 찔레꽃 무지로 자갈을 힘껏 던지고 휘청이는 미영을 잡았다.

그래, 밥 먹고 좀 쉬다가 밤에 다시 오자. 그러면 알게 되겠지. 그게 뭐든. 일단 가자.

응, 가.

온 길을 다시 거슬러 차로 향했다. 한낮의 태양이 온몸으로 내리꽂힌다. 휘청휘청 앞서가던 미영이 휙 돌아서며 묻는다.

근데, 내가 부르는 게 나을까, 당신이 부르는 게 나을까?

강호는 온몸이 따끔따끔 뜨겁다.

글쎄, 누가 좋을까?

후드득, 땀방울이 자갈을 적신다.

삶을 불가능하게 만드는 폭력들

고봉준(문학평론가)

삶을 불가능하게 만드는 폭력들

고봉준(문학평론가)

1.

임성용 소설의 주인공들은 세상의 중심에서 밀려나 있다. 한쪽에는 개인의 삶을 무력하게 만드는 세상의 질서(권력)가 있고, 다른 한쪽에는 불투명한 미래를 끌어안고 주변화된 삶을 살아가는 개인들의 일상이 있다. 이것이 임성용 소설의 출발점이다. 임성용에게 소설은 "현대의 문제적 개인(주인공)이 본래의 정신적 고향과 삶의 의미를 찾아 길을 나서는 동경과 모험에 가득 찬 자기 인식에로의 여정을 형상화하고 있는 형식"(게오르크 루카치)이 아니라 첫 소설집에 수록된 「지하 생활자」라는 작품의 제목이 상징하듯이 중심, 즉 주류에 의해 배제된 삶에 관한 기록에 가까워 보인다.

그의 소설은 개인의 삶을 무력하게 만드는 다양한 힘의 정체에 초점이 맞춰져 있다. 첫 소설집 『기록자들』(걷는 사람, 2021)에 수록된 작품들을 잠시 살펴보자. 등단작 「맹순이 바당」에서 주인공 맹순의 삶을 집어삼키는 힘은 '빨갱이'라는 기호로 대표되는 냉전적 이념이다. 한국 전쟁 직전에 발생한 제주 4·3 항쟁은 '빨갱이'라는 기호를 통해 공동체 내부에 존재하는 이질적 존재를 '국민'의 바깥으로 추방한 국가 폭력이었다. 한국 사회에서 '빨갱이'라는 말은 특정한 정치적 이념이나 세력을 지시하는 구체적 기호가 아니라 특정한 세력이 권력(기득권)을 유지하기 위해 타자에게 부여한 적대감의 표식, 즉 도덕적 윤리적 언어에 가까웠다. 그것은 단순한 배제의 대상이 아니라 공동체 내부의 동질성을 강화하기 위해서는 죽여도 상관없는, 아니 반드시 제거해야 한다는 신념을 내장한 혐오의 언어이기도 하다. 한국의 현대사는 국가 권력을 장악한 통치자가 자신을 비판하는 사람들을 '빨갱이'로 간주해 온 폭력의 역사였다. 실제로 한국에서 '빨갱이'라는 말은 정치적인 반대파나 비판 세력을 가장 손쉽게 적(敵)으로 치환하는, 그럼으로써 타자에 대한 폭력과 배제를 정당화하는 알리바이로 기능해 왔다. "빨갱이는 참말로 무서운 것이다. 그게 뭔지도 모르지만"이라는 주인공 맹순의 말처럼 '빨갱이'라는 단어는 권력/폭력을 소유한 세력이 자신의 정치적 반대파나 이질적 존재를 제거하기 위해, 또는 자신들의 행동을 정당화하기 위해 즐겨 사용하는 이념적인 낙인이었다.

역사나 이념만이 개인의 삶을 무력하게 만드는 것은 아니다. "박봉에 지하 3층에서 혼자 열두 시간을 보내는 일"을 하고 있는 「지하 생활자」의 박 기사와 그의 분신으로 보이는 "34층 주상복합빌딩의 시설관리 직원"(「기록자들」)의 삶을 짓누르고 있는 것은 경제적 여건, 즉 '생활비'이다. "통장이 비어 가고 있었다." "할 수 없이 직업이 필요했다."(「기록자들」)라는 고백처럼 이들에게 직업은 당장의 생계를 해결하기 위한 수단일 뿐이다. 함께 살던 엄마가 죽자 "12년 동안 살고 있던 열아홉 평의 아파트"를 처분하여 빚을 갚고 "먼지의 영역"으로 거처를 옮긴 「원주민 초록」의 주인공 역시 끊임없이 '허기'와 싸우며 살고 있다. 이들에게는 두 가지 공통점이 존재한다. 하나는 좋은 일자리를 구할 수 있는 스펙을 갖고 있지 못하다는 점이고, 다른 하나는 현실적 심리적 도움을 제공할 '가족'이 없다는 점이다. 이들에게 '가족'은 이미 항상 죽은 존재이다. 가령 「그게 무엇이든」에서 가족을 향해 부엌칼을 휘둘러 대던 아버지는 망가진 몸으로 앓다가 죽음을 맞이한다. 「기록자들」에서 아버지는 "언제나 집을 나서는 사람"으로 살다가 끝내 절벽에서 떨어져 실족사하고, 「원주민 초록」에서는 아버지를 대신해 '나'를 부양하던 엄마가 "아버지에게 욕을 퍼붓고 죽"는다. 이처럼 임성용의 주인공들에게 가족은 심리적으로 존재하지 않거나 현실적인 도움을 주지 못하는 무력한 존재로 그려진다. 임성용의 주인공이 "목숨에 의미는 없다. 어차피 모든 목숨은 함부로 죽는다."(「그게 무엇이든」)처럼 '삶'에 대해 냉소적인 태도를 드러내는 까닭은 그들의 삶의 내력이, 그들이 지금 맞닥뜨리고 있는 삶의 실상이 그들의 삶 자체를 위태롭게 만들기 때문이다. 그 중심에 바로 '폭력'이 자리하고 있다.

2.

　"상냥한 폭력의 시대"라는 어느 작가의 소설집 제목처럼 현대 사회에서 '폭력'은 이제 더 이상 물리적 힘의 문제로 이해되지 않는다. 예전의 '폭력'이 내부와 외부, 친구와 적 사이의 긴장에서 발생하는 혐오와 배제 같은 부정성의 폭력이었다면, 신자유주의가 지배하는 오늘날의 '폭력'은 시스템의 요구를 내면화하고 그것에 순응하게 하는 미시 물리학적인 폭력, 즉 긍정성의 폭력이라고 말할 수 있다. 이런 폭력의 연성화는 오늘날 '자유'와 '폭력'

의 경계를 불분명하게 만듦으로써 개인의 일상을 빠르
게 장악해 나가고 있다. 하지만 폭력의 이러한 위상 변화
에도 불구하고 우리 사회에는 여전히 부정성의 폭력이
존재하며, 나아가 그 폭력의 흔적을 오랫동안 간직하고
살아가는 존재들 또한 있다. 이러한 부정성의 "폭력은 타
자를 구부려서 결국 부러지게 만든다."(한병철)라는 점에
서 오늘날의 연성화된 폭력과 구분된다.

임성용의 등단작 「맹순이 바당」은 이념적 대립이 어
떻게 타자에 대한 폭력을 정당화하는 논리로 쓰이는지,
그 결과 얼마나 많은 사람들이 이른바 '빨갱이'로 몰려
고통스러운 삶을 살아야 했는지 보여 주었다. '빨갱이'는
공산주의자를 가리키는 속칭이었으나 한국 현대사에서
그것은 타자에 대한 폭력을 정당화하고 자신의 지배가
올바름을 강조하기 위해 권력이 즐겨 사용한 통치 기계
의 하나였다. 반공주의를 독재의 수단으로 악용한 지난
세기 한국의 역사는 '빨갱이'가 자신의 정치적 반대 세력
을 손쉽게 악마화하는 프레임이었음을 보여 준다. 이번
소설집에 수록된 「우리의 다정한 이웃들」과 「두더지」는
이처럼 '빨갱이'라는 단어를 군부 독재에 대한 정당화의
수단으로 삼았던 1980년 5월 이후의 한국 사회와, 그 역

사적 정치적 상흔을 신체에 각인하고 살아가는 개인의
해체된 삶을 통해 '폭력'의 문제성을 환기한다.

이리저리 둘러보니 동원빌라 석축 위에 줄줄이 심
어진 개나리 우듬지 속에서 시선이 느껴진다. 다행히
석축들 사이 틈은 지난 봄에 미리 다 메워 두었다. 당
장 거무들이 나오지는 못할 것이다. 손끝에 섬찟한 기
분이 들어 쳐다보니 기대어 짚은 전봇대에 손가락만
한 구멍이 나 있다. 속에서 기어가는 소리가 들린다.
기석은 플라스틱 통 바닥에 남은 시멘트를 박박 긁어
전봇대 구멍에 밀어 넣고 서둘러 집으로 향했다. 서둘
러야 한다. 권 주사 놈이 벌써 보고를 했을 것이다. 당
분간 집을 떠나 떠돌아다녀야 한다. 늙은 홀아비로 노
망이 나서 길거리를 배회하다가 경찰차에 실려 집으
로 돌아와야 한다. 노망 난 늙은이의 이야기에 아무도
반응하지 않는다는 보고가 다시 올라갈 때까지, 계속
반복해야 한다. (42쪽)

「우리의 다정한 이웃들」과 「두더지」는 서로에 대해
대리 보충의 관계를 형성하고 있는 연작 소설이다. 「우리

의 다정한 이웃들」에서 고엽제 후유증으로 폐암을 앓다
가 자녀들에게 '공무원'이 되어야 한다는 말을 남기고 사
망한 권 주사의 부친 재만의 정체는 「두더지」에서 제시
되고, 「두더지」에서 안기부/특무대에 끌려가 고문당해
망가진 기석의 현재 일상은 「우리의 다정한 이웃들」에서
주로 제시된다. 이처럼 소설은 1980년대 군부 독재가
자행한 고문이 개인의 신체와 정신에 남긴 흔적을 뒤쫓
는다. 전자가 그 고문이 남긴 후유증, 즉 증상에 초점을
맞추고 있다면 후자는 고문의 구체적인 내용을 설명하
는 데 중점을 두고 있다.

이 소설의 공간적 배경은 국가 유공자들이 모여 사는
용사촌(村)이다. 이 마을의 통장은 베트남전 참전 용사이
고 권 주사는 베트남전 참전 용사의 자녀이다. 그리고 기
석은 광주 민주화 운동 유공자이다. 이들은 유공자라는
공통점을 갖고 있지만 통장은 신군부에 끌려가 고문당
한 기석이 같은 유공자라는 사실을 인정하지 않는다. "빨
개이 짓을 해도 유공자 맹글어 주는 세상이 다 되고. 참
나, 나라 세금이 남아도는 갑다."라는 진술에서 드러나듯
이 통장에게 기석은 '빨갱이' 그 이상도 이하도 아닌 존재
이다. 기석은 자신을 향한 통장의 이러한 부정적 시선에

아랑곳하지 않고 세상에 존재하는 모든 '틈'을 메우는 강박적 행동을 반복하며 살아간다. 채플린의 주인공이 산업화 시대의 파편화된 노동에 적응하지 못해 나사와 유사한 형태의 모든 것을 돌리는 몸짓을 보였듯이 80년대에 정보기관에 끌려가 갖가지 방식의 고문을 경험한 기석은 '거미'가 기어 나오는 것을 막기 위해 세상에 존재하는 '틈'이란 틈은 모두 없애 버리려는 강박 증세를 보인다. 그런데 '거미'가 왜 문제일까? "그냥 거무가 아이다. 특무대서 풀어 놓은 기다."라는 진술처럼 기석에게 '거미'는 단순한 곤충이 아니라 '특무대'와 연결되는 기호이다. "당신 주위에 조금이라도 틈이 있으면, 거기 거미가 있는 거야. 수백 수천 마리가. 여덟 개의 눈이 수백 수천 개 있는 거지. 그 눈으로 당신을 항상 지켜봐. 잘 때도. 밥 먹을 때도, 똥 쌀 때도. 알아듣겠어요?"(「두더지」) 여기에서 '거미'는 개인의 정신과 신체, 즉 모든 것을 감시하는 시선이자 동시에 그의 행동을 규제하고 욕망을 억압하는 초월적 위치, 즉 권력이다. 고문은 다양한 물리적 폭력을 통해 대타자의 욕망, 그러니까 기석을 비롯하여 고문당하는 존재들이 대타자의 욕망을 욕망하고, 대타자가 원하는 답을 대답하도록 만드는 과정이라고 말할 수 있다.

기석은 실제로 이 대타자의 욕망에 복종함으로써 '빨갱이'가 된다. 그는 자신이 알지 못하는 사실들, 가령 북한에 가서 김일성을 만나 남조선 혁명화를 위한 작전을 짰다는 것, 김일성에게 받은 공작금을 들고 광주로 가서 대학생들을 조직화하고 광주 사태를 일으켰다는 것 등에 대해 "기억납니다."라고 대답한다. 이것은 기석의 입을 통해 발화되었으나 결국 대타자 안기부/특무대가 그에게 듣고 싶었던 대답을 대신 한 것이며, '거미'가 나타날 '틈'을 없애려는 그의 강박적인 행동은 바로 그 폭력적 예외적 시간이 다시 출몰하지 못하도록 막으려는 몸짓이다. 이들 두 편의 소설은 기석의 이러한 강박 증세를 통해 군사 독재 시절에 자행된 고문이 개인에게서 빼앗아 간 것이 무엇인지 보여 준다.

1980년대에 행해진 국가 폭력 문제를 다룬 이 소설에서 흥미로운 지점은 유공자의 기원에 이른바 '빨갱이'가 위치한다는 사실이다. 권 주사의 집안에는 두 가지 비밀이 있다. 하나는 권 주사의 할아버지가 '빨치산' 활동하다가 체포되어 총살당한 것이고, 다른 하나는 권 주사의 부친이 그런 아버지의 이력, 즉 연좌제에서 벗어나기 위해 월남전에 참전했다는 것이다. 권 주사의 부친인 재만은 '빨치산'의 자식이라는 오명에서 벗어나기 위해 월남전에 참전했고, 귀국 후에는 특무대에서 '두더지' 역할을 하며 반공주의자로서 활동했다. 그는 누명을 쓰고 끌려온 '가짜 빨갱이' 기석을 고문하는 기술자였지만 정작 그 자신은 '빨치산'의 직계, 연좌제의 논리에 따르면 '진짜 빨갱이'였던 것이다. 이러한 역설적 상황은 군부 독재 시대에 '빨갱이' 낙인이 찍혀 구금되거나 고문당한 사람들이 사실은 '빨갱이'가 아니었다는 것, 그리고 그들을 고문하는 역할을 맡은 '가해자'의 일부가 사실은 '피해자'이기도 했다는 것을 말해 준다. 오늘날에도 여전히 곳곳을 떠돌고 있는 '빨갱이'라는 기호는 실상 권력, 또는 기득권 세력이 자신들의 지배와 폭력을 정당화하기 위해 만들어 낸 신화에 불과하다.

3.

임성용의 주인공은 모두 힘없는 개인들이다. 이들이 '세상'을 경험하는 대표적인 방식은 '폭력'과 '배제'이다. 현대 사회는 인공 지능(AI)과 스스럼없이 대화를 나누고 운전자가 없는 자율 주행 자동차가 도로 위를 굴러다니는 첨단의 문명사회이지만, 세상의 중심에서 밀려난 존재들에게 세상은 거대한 폭력일 뿐이다. 임성용의 소설은 무방비 상태로 폭력에 노출된 개인의 초상을 통해 우리 사회의 이면, 즉 폭력성의 지배를 드러내고 있다. 이때의 '폭력'은 상대방을 물리적으로 제압하거나 지배하려는 욕망보다는 타인의 삶 자체를 파괴한다는 점에서 '권력' 과 구분된다. '권력'이 지배/피지배의 문제라면, '폭력'이 나 '배제'는 결과적으로 타인의 삶 자체를 불가능하게 만 드는 것이라고 말할 수 있다. 이러한 세상의 폭력성은 학 교 폭력 문제를 다룬 「안녕 미미시스터즈」에서 분명하게 드러난다.

솔미가 또 죽었다. 이번에는 확실한 방법을 선택했 다. 솔미의 교복 블라우스는 점점이 붉어지고 시멘트 바닥의 얕은 골을 따라 검붉은 물감이 흘러왔다. 주저 앉아 얼어붙은 나에게까지 흘러와 마침내 내 엉덩이 를 적시기 시작했다. 미지근한 온도를 타고 무겁고 깊 은 무언가가 옮아 오고 있었다. 내 피와 솔미의 피가 만난다고 생각됐다. 나는 가짜 생리파인데, 그래도 그 렇게 생각됐다. 그렇게 만나 어딘지 모를 깊은 곳으로 흘러내리고 있다고 생각할 때, 아이들의 비명이 들렸

다. 뽕쟁이 체육이 호루라기를 불며 뭐라 뭐라 소리를
지르고, 나는 더 깊은 곳으로 흘러내리다가 온통 어두
워졌다. (128쪽)

　　뉴질랜드에서 박사 과정을 밟고 있는 주인공 박미미
는 7년 만에 친구를 만나 이야기를 나누던 중 한때 자신
과 함께 '미미시스터즈'라고 불렸던 박솔미의 자살에 얽
힌 이야기를 전해 듣는다. '나'와 '박솔미'는 "초등학교 2
학년 때 같은 반"이었으나 이들의 삶은 완전히 다른 방향
으로 흘렀다. '나'는 엄마의 영향력으로 인해 "교실에서
존재감 있는 대한민국 초딩"으로 성장했지만, 솔미는 친
구들의 놀림으로 인해 "점점 더 조용하고 뚱뚱한 솔미"
가 되어 갔다. 이때부터 이들에 대한 아이들의 태도는 명
확하게 달라졌다. 가령 '나'와 솔미가 동일하게 '철봉'에
매달리지 못했음에도 솔미를 향한 "아이들의 놀림의 색
깔은 달랐"던 것이 대표적 사례이다. '폭력'과 '약자'는 뫼
비우스의 띠처럼 얽혀 있기 마련이다. 요컨대 '폭력'은 사
회적 약자에게 한층 가혹하게 행해지며, 약자에게 집중
되는 폭력은 약자의 삶을 한층 더 열악한 상태로 몰아간

271

다. '약자'와 '폭력'은 동전의 양면처럼 서로를 지시하면서 진화한다. 이런 점에서 약자에게 행해지는 폭력은 존재의 한계라고 말할 수 있다. 아이들은 솔미를 놀림의 대상으로 삼았고, 아이들의 그런 놀림 탓에 솔미는 점점 위축된 존재로 변해 갔다.

폭력은 솔미가 중학생이 되어도, 그리고 고등학교에 입학한 이후에도 지속된다. 그녀는 중학교에서는 짝퉁 노스페이스 패딩을 입었다는 이유로 놀림을 당했으나, 급기야 고등학교에 와서는 멜로디언 절도범으로 몰리기에 이른다. 그리고 그녀는 출구 없는 절망적 현실에서 해방되기 위해 수면제를 먹고 죽는 방법을 선택한다. 하지만 학생들에게 발견되어 가까스로 목숨을 건진 그녀에게 돌아오는 것은 "수면제를 안 죽을 만큼만 먹었다"라는 또 다른 폭력뿐이었다. 결국 존재의 한계 지점까지 지속된 폭력은 솔미가 "3학년 여름 방학 전날, 체육 시간"에 학교 건물에서 투신자살하는 것으로 마무리된다.

이 소설에서 흥미로운 지점은 솔미의 투신, 그러니까 그녀의 망가진 몸에서 생명이 빠져나가는 최초의 장면을 목격한 '나'가 정작 솔미의 투신과 죽음을 전혀 기억하지 못한다는 사실이다. 학창 시절에 가끔 빈혈 증세로 인해 정신을 잃은 적이 있는 '나'는 위의 인용문에 나와 있듯이 투신 직후 솔미의 신체를 목격하고 정신을 잃는다. 그리고 7년 후, 친구의 입을 통해 솔미의 투신자살에 관한 진실을 전해 들은 순간에도 다시 정신을 잃는다. '나'에게는 원인을 알 수 없는 이유로 기절하는 습관이 있으며, 그때마다 기절하기 직전의 일을 기억하지 못한다. 요컨대 '나'는 솔미의 죽음을 최초로 목격한, 그것도 "주저앉아 얼어붙은 나에게까지 흘러와 마침내 내 엉덩이를 적시기 시작했다. 미지근한 온도를 타고 무겁고 깊은 무언가가 옮아 오고 있었다."라는 진술처럼 친구의 신체에서 흘러나온 피가 자신의 신체와 일시적으로 연결되는 경험을 한 목격자이지만, 바로 그 순간 정신을 잃어버림으로써 친구의 죽음이라는 외상(trauma)에서 벗어날 수 있었다. 이것은 '나'에게 있어서 '기절'이 단순한 질병이 아니라 일종의 억압, 즉 방어 기제임을 말해 준다.

인간은 종종 자신이 감당할 수 없는 사건에 직면했을 때 사건 자체를 부정하거나 망각하려는 방어 기제를 작동시킨다. 반복되는 '나'의 기절이 방어 기제라면, '나'가 병원에서 깨어난 이후 깐따의 목소리를 통해 재구성되는 일들은 일정한 심리적 시간적 거리로 인해 '나'가 감당할 수 있는 것으로 바뀐 사건의 실체라고 말할 수 있다. 소설은 바로 이 지점에서 주인공의 심리를 방어 기제에서 '책임'의 문제로 이동시킴으로써 죽음 이후의 사건, 요컨대 애도의 문제를 제기한다. 이러한 책임의 논리 안에서 '나'는 비로소 자신이 "솔미로부터 점진적으로 멀어지려고만 했"었음을, 그리고 솔미가 "물 위로 드러난 3%의 눈빛과 몸짓으로 한 말들"을 애써 '외면'했었다는 사실을 인정하고 받아들인다. 이는 솔미의 죽음에 대한 '책임'이 자신에게도 있다는 의미이다. '책임'의 논리는 방어 기제와 다르다. 후자가 부정, 즉 외면하려는 욕망이라면 전자는 기꺼이 떠안으려는 태도이다. 소설의 마지막에 등장하는 간호사의 중의적인 진술("멍은 이삼일 있으면 없어질 거예요. 좀 오래 가는 경우도 있는데, 금방 없어질 거예요.")은 외면한다고 해서 '폭력'의 상흔 자체가 사라지는 것은 아니라는 의미로 읽힌다. 이러한 폭력 앞에서 무력한 존재인 '나'가 할 수 있는 것은 무엇일까? "좀 오래 가는" '멍'은 우리에게 애도(혹은 애도의 불가능성)의 의무가 있음을 환기한다.

우보는 첫 만남부터 마음이 갔다. 신자의 스스럼 없

이 싹싹한 마음씨와. 생전 할아버지와 비슷한 말투도 편안하게 들렸다. 신자는 스물다섯에 결혼했고 2년 만에 남편과 사별하고 홀어머니와 산단다. 아이는 없다고 했다. 태석에게 미리 들었지만, 그래도 괜찮냐고 다시 묻는 신자의 말에, 우보는 좋다고 했다. 신자라면 아이가 있어도 좋다고 생각했다. 신자같이 싹싹하고 젊은 여자가 스무 살이나 더 많은 자기와 살아 준다면, 거기다 자식도 같이 키울 수 있다면, 그것도 좋다고 생각했다. 내 씨면 어떻고 남의 씨면 어떤가. 나락도 통일 벼다 화성 벼다 섬진 벼다 여러 종자를 심어 봤지만, 결국 종자는 중요하지 않았다. 키우는 사람이 잘 들여다보고 정성을 들이면, 한 만큼 돌아오게 되어 있다. (195쪽)

「토종 씨 우보 씨」는 제목에서 드러나듯이 '씨'에 관한 소설이다. 여기에서의 '씨'는 생물학적인 의미에서의 '씨앗(seed)'과 인종적인 의미에서의 '인종(race)/혈통(blood)'을 동시에 가리킨다. 이 소설은 이러한 '씨'의 이중적 함의를 통해 '토종'에 대한 우리의 집착이 타자 혹은 이방인에 대한 차별과 혐오로 전치될 수 있음을 보여 준다. 요컨대 '토종'을 척도로 세상을 바라보면 토종의 범주에 포함되지 못하는 생명, 그 가운데 인간의 위치가 매우 위태로워진다. 바로 그곳이 임성용의 소설에서 무력한 개인, 특히 이방인의 자리라고 말할 수 있다. 이런 점에서 이 소설은 '주권 권력'에 관한 이야기이기도 하다. 신자유주의가 지배하는 현대 사회는 비교적 견고한 국가/국경을 중심으로 공동체를 상상하던 이전과는 사뭇 다른 방식으로 작동하고 있다. 휴가철이나 연휴가 되면 수백만 명이 해외여행을 떠나는 장면에서 확인되듯이 우리가 살고 있는 세계에서는 자본과 노동력을 비롯한 모든 것들이 국경을 넘어 전 지구적으로 이동한다. 문제는 이러한 지구적 이동 시스템이 '자본'에는 매우 호의적이지만 인간, 특히 글로벌 사우스(Global South)라고 명명되는 비서구권 사람들에 대해서는 적대적이라는 사실이다. 게다가 일부 국가에서는 불안정한 국내 현실에 대한 책임을 이방인에게 전가하는 혐오와 공포의 언어가 정치를 지배하고 있다.

한국은 전통적인 의미의 이민 정책이 없는 나라이다. 외국인 노동자나 유학생의 일시적인 체류는 허락되지만 그들에게 한국 국적은 부여되지 않는다. 한국은 신자유주의의 세계화로 인해 다문화 사회가 되었으나 다민족 사회를 지향하는 국가는 아니다. 이러한 이민 정책의 예외가 바로 조선족, 베트남, 필리핀 등에서 들어오는 동남아 여성의 결혼 이주이다. 이방인이 한국에서 국적을 획득하는 유일한 방법이 바로 결혼이다. 작가는 이러한 현실을 배경으로 '토종'의 의미에 대해 되묻고 있다. 주인공 우복은 "'토종'이라는 말이 어울리는 사람"이자 "진짜 토종 농꾼"이다. 그런 그가 결혼 중개 업소를 운영하는 태석의 소개로 조선족인 김신자를 만나 결혼을 한다. "베트남은 피했으니, 그나마 마음이 낫다"라는 우복의 생각이나 조선족은 "국적은 중국이라도 한국 사람이나 진배없습니다."라는 태석의 주장에는 '조선족'이 유사 한국인이라는 인식이 전제되어 있다. 우복은 첫 만남에서 조선족인 선자에게 호감을 느끼고 중요한 것은 '씨(종자)'가 아니라 키우는 사람의 정성이라는 생각을 갖게 된다. "내 씨면 어떻고 남의 씨면 어떤가. 나락도 통일 벼다 화성 벼다 섬진 벼다 여러 종자를 심어 봤지만, 결국 종자는 중요하지 않았다. 키우는 사람이 잘 들여다보고 정성을 들이면, 한 만큼 돌아오게 되어 있다." 여기에서 결혼과 출산, 즉 주권의 문제는 '토종'이라는 생물학의 문제와 동일시

된다. 하지만 우복과 신자의 결혼 생활은 그리 오래가지 못했다. 신자가 우복의 전 재산을 들고 도주한 것이다. 소설의 표면적 층위만을 놓고 보면 한국인들은 동남아 각국에서 결혼을 통해 이주하려는 여성들을 마치 물건을 고르듯이 선택("행님 취향에 맞게 고르시면 되고요, 현지에 가서 일주일 정도 머물면서 아가씨들 만내 보고 결정하면 됩니다.")하고, 그렇게 선택된 여성 중에는 조선족 김신자처럼 남편의 재산을 들고 야반도주하는 사람들도 존재한다. 그들에게 한국은 노동, 즉 돈을 벌 수 있는 직업의 세계이지 결혼과 육아를 감당하면서 살아야 할 가족의 세계가 아니기 때문이다. 이런 점에서 이 소설은 동남아 여성을 대상으로 한 국제결혼의 이면에 초점을 맞춘 작품이라고 말할 수 있다.

하지만 오늘날 한국에서 행해지고 있는 국제결혼과 이주 노동의 의미는 그렇게 단순하지 않다. 우복을 찾아온 '토종 씨 보존회' 사람들의 존재가 그것을 증명한다. '토종 씨 보존회'는 '종의 다양성'을 보존하는 것을 목표로 하고 있다. 오늘날 농업 분야에서 토종 씨앗이 중요한 이유는 식량 주권이나 종자 주권 때문이다. 과거와 달리 농업이 산업 시스템의 일부가 되어 버린 오늘날 농민의 대부분은 토종 씨앗이 아니라 생산성이 높고 환금성이 뛰어난 수입 종자를 이용하여 농사를 짓는다. 이런 현실에서 기후 재난 등으로 초국적 자본이 독점하고 있는 종자를 수입하지 못하는 일이 발생하면 식량 주권에 심각한 문제가 발생할 수밖에 없다. 이런 의미에서 토종 씨앗을 보존하는 일, 특히 종 다양성을 유지하는 문제는 중요하다. 하지만 이러한 종자 주권의 논리가 인간에게 그대로 적용될 때, 특히 지금처럼 인류가 전 지구적으로 이동하는 시대에 '토종'의 논리가 인간을 포함한 생명에게 적용되면 그것은 손쉽게 주권 권력으로 기능하게 된다. 조르조 아감벤이 말했듯이 주권 권력은 단순히 법을 제정하고 집행하는 차원을 넘어 특정한 사람을 법의 영역에서 배제할 것인지, 그렇게 배제된 사람에 대해 어떤 방식의 폭력을 행사할 것인지를 결정하는 문제와 연결되어 있다. 요컨대 주권 권력은 특정한 누군가를 '시민'의 범주에서 추방하여 '호모 사케르'로 만들 수 있다. 흔히 벌거벗은 생명으로 번역되는 호모 사케르는 아무런 법적 보호를 받지 못하는 존재, 그러면서도 동시에 주권 권력에 의해 생명을 박탈당할 수 있는 존재를 가리킨다. 우리는 한국에 체류하고 있는 외국인 노동자들이 '시민'으로서의 정치적 사회적 권리나 지위를 박탈당한 상태에서 살고 있다는 것을, 따라서 이들이 절반 정도의 벌거벗은 생명이라는 사실을 알고 있다. 20세기의 역사는 주권 권력에 의한 이러한 정치적 배제가 '씨'와 '토종'을 기준으로 행해졌음을 알고 있다. 이 소설이 주권 권력의 폭력성에 초점을 맞추고 있는 것은 아니지만 이 작품을 읽으면서 우리는 노동과 자본이 지구 전체를 흘러 다니는 이 시대에 '토종'에 대한 집착이 누군가에게는 치명적인 폭력이 될 수 있음을 한 번쯤 생각해 볼 수도 있을 듯하다. 이런 맥락에서 "근데, 그기 언제부터가 토종인지 우째 알겠는교. 그냥 쫌 오래된 종자다, 요정도 뼈 가치가 없을 낀데."라는 우복의 진술은 의미심장하게 다가온다.

4.

독일의 사회학자 울리히 벡은 "빈곤은 위계적이지만 스모그는 민주적이다"라는 유명한 말을 남겼다. 이 말은 오늘날 인류가 마주하고 있는 기후 위기와 생태계 파괴의 영향에서 누구도 자유로울 수 없음을 지적한 것이지만 우리가 경험한 재난의 실상은 그의 주장과 매우 달랐다. 특히 코로나 팬데믹은 재난이 민주적이기는커녕 위계적으로 배분된다는 사실을 여실히 보여 주었다. 재난은 모두에게 닥치지만, 모두가 그것을 같은 방식으로 경험하는 것은 아니다. 사람들은 사회적 취약성이 클수록 재난의 피해가 더욱 심각해지는 이런 현상을 가리켜 '재난 불평등(Disaster Inequality)'이라고 명명했다. 재난은 빈곤층, 노인, 이주민, 장애인 같은 사회적 약자에게 더욱 가혹하게 경험된다. 이런 의미에서 재난은 단순한 자연 현상이 아니라 사회적 사건이라고 말할 수 있다.

전화를 끊고 나니 피곤이 다시 명치로 내려온다. 한 때 이백 명이 넘는 원생들과 열일곱 명의 선생들로 학원은 복작복작했다. 코로나도 처음 몇 달간은 소문보다 크게 와닿지 않아서, 수업을 쪼개고 반을 쪼개서 그럭저럭 버텨 낼 수 있을 것 같았다. 하지만 1년이 가고 2년이 지나는 사이에 구멍 난 팬티로 방귀 새듯 원생들이 솔솔 빠져나갔다. 이제는 40명이 간당간당하다. 선생도 방귀 따라 푸쓱푸쓱 잘려 나갔다. 선생은 다섯 명으로 줄었고 그나마 과학은 파트다. 나도 원장과 동문이 아니었으면 벌써 잘려 나갔을 거다. 2학기 들어 학원 한 층은 임대 계약을 하지 않았다. (76-77쪽)

「쥐가 있다」는 코로나 팬데믹 상황을 배경으로 한 작품이다. 코로나 팬데믹 당시 학원은 집합 금지와 거리 두기 등의 정책으로 인해 상당한 타격을 받았음에도 불구하고 정부의 지원을 중점으로 받지는 못한 이른바 '바이러스의 사각지대' 가운데 한 곳이다. "이백 명이 넘는 원생들과 열일곱 명의 선생님"으로 북적이던 학원은 코로나 팬데믹 2년 만에 40명의 학생과 5명의 선생님으로 축소되었고, 급기야 최근에는 공간의 규모를 줄여야 하는 상황에 이르게 되었다. 소설은 동문 선배인 학원 원장이 '나'가 거주하고 있는 원룸 건물의 3층으로 이사를 오는 장면으로 시작된다. 어느 날 '나'는 원장에게서 집에 '쥐'가 있다는 내용의 전화를 받고 그의 집을 방문한다. 쥐를 잡으라고 지시하는 원장과 바퀴벌레까지는 잡아도 '쥐'는 못 잡는다는 '나'의 대화는 결국 '찍찍이'를 놓는 것으로 마무리된다. 이 소설에서 '쥐'의 출현은 코로나와 마찬가지로 일상의 질서를 한순간에 뒤흔들어 놓는 재난적 사건이다. 여기에서 '쥐'의 출현은 이들이 결코 해결할 수 없는 불가항력적인 사건이라고 말할 수 있으며, 이 사건에 대한 이들의 반응 또한 "행님, 잡힐 때까지 방에 들어가서 맥주에 테레비나 보시지예?"라는 '나'의 말처럼 일상적인 생활의 일부를 포기하는 방식으로 묘사된다. 특히 '쥐'의 기원을 둘러싼 두 사람의 대화는 "아 짱깨 새끼들! 또 열받네. 전 세계가 요꼴인데 책임지는 놈은 하나도 없고, 그 새끼들 때문에 이기 뭔 일이고."라는 진술처럼 결국 '코로나' 바이러스의 기원에 관한 것으로 귀결된다.

한편 소설 중간에 삽입된 〈현장 르뽀 바이러스의 시각지대〉라는 텔레비전 프로그램 장면은 이 소설이 '바이러스의 사각지대'에 관한 이야기임을 암시하고 있다. 앞에서 지적한 것처럼 바이러스로 인한 재난은 단순한 자연 현상이 아니라 사회적 사건이라고 말할 수 있다. 그것은 생물학 의학적인 현상으로 시작되지만 결국 바이러스의 확산이 초래하는 다양한 문제는 사회적인 문제일 수밖에 없다. 학원 운영과 강의를 통해 생계를 해결해야 하는 두 남자에게는 정체불명의 바이러스만이 아니라 그것으로 인해 학원의 규모를 줄여야 하는 상황 자체가 재난이라고 말할 수 있다. 이 소설에서 결혼 이주 여성의 자녀로 추정되는 지원에게도 코로나 팬데믹 상황은 사회적 재난의 일종으로 경험된다. "저거 엄마가 그 나라서 대학까지 나왔다대? 접때 보이 한국말도 잘하고."라는 진술에서 암시되듯이 지원의 엄마는 한국 출신이 아닌 것으로 추정된다. 그런 엄마의 혈통을 물려받은 지원은 까만 피부색을 지닌 학생이다. 어느 날 지원은 코로나와 유사한 증세로 인해 병원을 찾았다가 간호사로부터 "아가씨는 엉덩이도 까맣네?"라는 이야기를 듣는다. 지원은 학원 선생인 '나'에게 자신의 이런 경험이 성추행이자 인종차별이라고 하소연하지만 제대로 된 대답을 듣지 못한다. 이주자의 딸인 지원에게는 자신의 신체, 즉 피부색 자체가 재난처럼 인식된다. 마찬가지로 원장의 집에 출현한 '쥐' 또한 제거될 가능성이 없어 보인다. 이 소설은 이들이 '쥐'를 잡아 일상적 질서를 성공적으로 회복하는 장면이 아니라 반대로 술을 마시기 위해 집에서 멀어지는 장면으로 마무리된다. 일반적으로 근대 소설에서 '재난'은 부르주아적 일상의 일시적인 중단을 초래하지만 결국 재난은 해결되고 애초의 일상적 질서는 한층 공고해지는 것으로 귀결된다. 반면 코로나 팬데믹을 비롯한 현대적인 재난은 해결될 가능성이 없다는 의미에서 항구적인 재난 상황을, 요컨대 일상과 재난이 공존하는 상황을 초래한다.

솔미가 사라진 지 737일이다. 어디로 사라진 걸까.

도대체 어디에 있을까. 살아는 있을까. 어디에 함부로 버려져 썩어 가고 있지는 않을까. 구석지고 야트막한 골짜기에 흐드러지게 핀 찔레꽃 넝쿨 아래, 솔미의 살을 파먹어 가는 구더기와 집게벌레의 집게, 단단하게 꺾이며 도미노처럼 밀려오는 지네의 관절이 머릿속을 기어간다. (228쪽)

일상과 재난이 공존하는 대표적인 사례가 「아무도 아무도 없는」에서 실종 아동을 둔 강호와 미영 가족의 삶이다. 보육원 출신인 강호는 어릴 때부터 '아파트'를 욕망했다. 그에게 아파트는 "택배를 받아 주는 경비가 있고 미영과 솔미와 함께 있을 때 안전할" 것 같은 근대적 가족의 세계를 상징한다. 그는 매일 새벽 4시 반에 일어나 수산 시장에서 식재료를 포장하거나 운반하고, 그 일이 끝나면 집으로 돌아와 이른 점심을 먹고 학원으로 출근하여 유·초등반 수업을 진행하고, 학원이 끝난 5시부터 밤 11시까지는 중등 단과 학원에서 강의한다. 주말에는 고3 과외를 하고 간혹 학원 보충 수업을 진행한다. 휴식 없는 삶, 그는 "세 식구가 아파트에 입주하는 날"을 위해 5년을 견뎌 마침내 "미영과 솔미와 택배를 지켜 주는 아파트"에 입주하는 데 성공한다. 강호의 아내인 미영 또한 딸 솔미를 단지 내 유치원에 데려다주고 직장인 출판사에 출근한다. 쾌적하고 안정적인 거주 공간을 마련하고 유지하기 위해 휴식 없는 삶을 살아가는 이들의 모습은 여느 맞벌이 도시 노동자의 삶과 다르지 않아 보인다. 그러던 어느 날 딸 솔미가 사라졌다. "CCTV에는 챙이 넓은 모자를 쓰고 하얀 강아지를 몰고 가는 여자와 그 여자를 쫓아 아파트 입구 쪽으로 걸어 나가는 솔미의 뒷모습만 남았다." 딸 솔미를 잃어버리고 나서야 이들은 "어차피 아파트는 아무도 지켜 주지 못"한다는 사실을 뼈저리게 실감한다. 범죄 예방을 목적으로 설치한 CCTV 역시 딸의 마지막 모습을 보여 줄 뿐 아이의 행방에 대해서는 아무것도 말해 주지 않는다.

실종은 완전한 소멸이 아니라는 점에서 죽음과 다르다. 그것은 재회의 가능성을 열어 둔다는 점에서 희망이라고 말할 수 있지만 "솔미가 사라진 지 737일이다."라는 진술처럼 그 희망은 형식적인 가능성에 불과하다는 점에서 기실 절망의 이면과 다르지 않다. '실종'은 이런 점에서 희망과 절망이 공존하거나 교차하는 상황이라고 말할 수 있으며, 같은 맥락에서 일상과 예외, 즉 비일상이 공존하는 불확정적인 상태라고도 말할 수 있다. 삶과 죽음이, 일상과 재난이 공존하는 상태, 아니 예외가 일상이 되어버린 상태라는 점에서 그것은 '비-일상'이라고 표현할 수 있다. 이 소설은 이러한 '비-일상'의 시간을 배경으로 펼쳐지는 두 인물의 삶에 대한 성찰을 집중적으로 형상화하고 있다. 이들 부부는 한편으로는 "왜 우리가 이렇게 당해야 하는지. 뭔가 이유가 있다면, 납득이 된다면 다 포기할 수 있을 것 같아. 당신이랑 내가 어떻게 살았는데. 우리가 뭘 잘못했는데."라는 진술처럼 불행의 궁극적인 원인을 알고자 하며, 다른 한편으로는 '가마귀신'으로 표상되는 무속적 방식을 통해서라도 딸의 생사를 확인하고자 한다. 하지만 삶은 근본적으로 '이해'의 대상이 아니어서 아무리 되물어도 불행의 근본 원인을 찾을 수는 없으며, 마찬가지로 '가마귀신'을 통해 딸의 생사를 확인하는 일도 불가능해 보인다. 할머니의 이야기 속에서 가마소는 "가마솥매로 둥그마니 깊어서 맨날 물빛이 시커"먼 곳으로 그려지지만 정작 이들이 찾아간 그곳에는 "소라고 하기에는 너무 초라하다."라고 말할 수밖에 없는 얕은 물웅덩이만 존재하기 때문이다. 결국 딸의 행방을 찾으려는 모든 노력은 실패로 돌아가고 이들은 737일째 희망과 절망이 공존하는 상태에서 '비–일상'의 시간을 살아간다. 가족을 지키기 위해 자신의 모든 것을 포기했음에도 불구하고 끝내 가족을 지키는 데 실패한 이들의 모습을 통해 작가는 재난 앞에서 무력한 개인의 형상을 다시 소환한다. 이 무력한 개인의 형상과 재난이 되어버린 그들의 일상을 통해 세상을 바라보는 것, 그것이 바로 임성용의 소설이다.

작가의 말

첫 소설집을 내고 4년이 지났다. 아름답고 괴팍한 계절들을 지나는 동안, 나에게도 이웃들에게도 많은 일이 오고 갔다.

나에게는, 열여덟 순대와 열아홉 고래(기르던 고양이들)가 가고, 고혈압과 노안이 왔다. 인류에게는 코로나가 패치되었고, 대한민국에는 새 대통령이 왔다. 뒤이어 계엄과 탄핵이, 다시 새 대통령이 왔다.

저 멀리에서는, 지구에서 제일 큰 나라가 땅을 더 가지고 싶어 전쟁을 벌이고, 사막을 떠돌던 유목민의 후손들이 자신들의 신에게서 젖과 꿀이 흐르는 땅을 오래전부터 약속받았다며, 남의 땅에 대포와 총을 쏘아 댔다. 아직도 쏘아 댄다.

TV를 틀면, "목소리 크면 장땡"이나 "아 몰라, 배째."가 유행했다. 일은 벌어졌는데 잘못한 사람은 하나도 없다. "그 부분은 잘 기억나지 않습니다.", "변호

사를 통해 이야기하시죠.”, “다 그렇게 해 ㅂ ㅅ!”이 오
래된 신앙처럼 단단했다.

그러는 동안 여기저기서 사람들이 많이 상했다.
백신이 없는 병원에서, 축제의 거리에서, 떨어진 비
행기에서, 사기당한 아파트 옥상에서, 안전장치 없는
공장에서, 다리 위에서, 집에서, 학교에서, 축축하고
조각난 참호 속에서 맥없이 죽어 갔다.

이해 못 할 현상에 가슴이 답답해지면, 인간이라
는 종(種)에 대해 생각했다.

도대체 인간만의 합리는 어디에서 비롯된 것일
까? 종교? 계급? 인종? 자본? 전부 다인가? 순서를 따
져 보자면, 신이 먼저고 그다음이 인간. 그 인간이 만
든 게 자본, 계급과 차별인 듯한데… 아닌가? 진화론
에 입각해서 다시 정리하면, 미토콘드리아와 어류
와 양서류… 한참 다음에 인간이 있고… 그들이 자본
과 계급과 차별을 만들고, 만든 것들이 무리 없이 돌
아갈 수 있게 하는 윤활제가 필요해서… 신을 만들어
낸 것인가? 만약 그렇다면, 신들이 삐걱거리는 세계
를 고치기 위해 둘러앉아 종(種)의 청문회를 열지 않

을까? 그 자리에서 인간은 무어라고 할까? “그건 잘 기억나지 않아요.”, “당신들이 나아가 번성하고 다스리라고 했잖아요.”, “우리는 믿음이 있어요.”, “따질 게 있으면 교회를 통해 하시죠.”, “다 그렇게 해 ㅂ神!” 이라고 말하지 않을까?

어라? 이런, 이따위면, 이 종(種)은… 하고, 머리 위로 열기가 새 나오면,

그럴 때는, 눈을 감고 다정할 것 같은 이웃들을 상상했다. 가령, 이런 식이다.

45년 전 딴따라의 별이 된 존 레논과, 29년 전 코스모스의 별이 된 칼 세이건이, 100광년쯤 떨어진 소행성 그늘에 앉아서, 떠나온 ‘창백한 푸른 점(Pale Blue Dot)’을 바라보고 있다. 칼이 심드렁하게 말한다.

“쯧쯧, 여전히 지지고 볶고 있구만.”

그러자 존이 피식 웃고는 기타를 디리링– 울리며 노래를 시작한다.

Imagine there’s no heaven

It's easy if you try –

캄캄한 은하의 파도를 타고 지구를 향해 날아오는 칼의 '쯧쯧' 혀 차는 소리와 존의 'you try–'를 기다리고 있으면, 어느새 빛까지 빨아들인다는 허무의 블랙홀이 찾아와서 머리에 뻗친 열기를 앗아 갔다.

그렇게 열기와 허무를 오가는 동안 소설이 몇 편 써졌다. 소설가라는 족속의 슬픈 구도인지, 알량한 자기 과시적 성토인지, 여전히 아리송하지만, 어쨌든 또 썼다. 썼으니 또 내보인다. 부끄럽지만 그게 이 족속의 방식이라 생각한다.

부족한 글을 살펴 주신 고봉준 평론가님과 추천사를 얹어 주신 김형수 선생님께 감사를 올린다. 감사합니다.

출판을 위해 애써 주신 출판사 관계자분들께도 감사를 올린다. 감사합니다.

이렇게 저렇게, 나를 돌아보게 해 주시는 모든 다정한 이웃들에게도 감사를 올린다. 감사합니다.

|수록작품 발표 지면|

「우리의 다정한 이웃들」…… 《작가와 사회》 2025년 봄호

「두더지」…… 미발표

「쥐가 있다」…… 《오늘의 좋은 소설》 2023년 봄호

「안녕 미미시스터즈 」…… 『도망가자 밤으로, 밤으로』(네시오십분, 2024년 7월)

「외계인들」…… 《공감 그리고》 2023년 50호

「토종 씨 우보 씨」…… 《짬》 9호

「어느 물리학자의 죽음」…… 『저기 돌 틈 사이 연보랏빛 꽃이 피어 있네』(전망, 2025년 5월)

「아무도 아무도 없는」…… 《작가들》 2023년 겨울호

우리의 다정한 이웃들

2025년 12월 10일 초판 1쇄 펴냄

지은이　임성용

펴낸이　김성규

편집　조혜주 최주연 권은하 한도연

디자인　신혜연

펴낸곳　걷는사람

주소　경기도 용인시 기흥구 동백중앙로 358-6, 7층 (본사)

　　　서울 마포구 월드컵로16길 51 서교자이빌 304호 (지사)

전화　031 281 2602 / 02 323 2602

등록　2016년 11월 18일 제25100-2016-000083호

ISBN　979-11-7501-053-6 03810

* 이 책은 2025년 부산광역시 BUSAN METROPOLITAN CITY 부산문화재단 〈부산문화예술지원사업〉으로 지원을 받았습니다.